배리어 열도의 기원

배리어 열도의 기원

김가경 소설집

차 례

유린 이야기

그들의 이야기를 엿듣게 된 것은 우연이었다. 점심을 먹고 연구실 근처에 있는 카페에 들렀다가 그들을 보게 되었다. 한창 열을 내 말하느라 여직원 정은 그를 발견하지 못했다. 그는 뒤돌아 나갈까 하다가 커피를 들고 그들 등 뒤에 앉았다. 목소리를 들어보니 바로 등 뒤에 강 대리가 앉았고 그 옆이 황이었다. 여직원 정의 목소리가 높았으므로 자연히 귀가 그쪽으로 쏠렸다. 들어보니 그녀에 대한 이야기였다.

"오…… 줌을, 먹어봐서 단맛이 나면 당뇨라데요."

정이 첫마디를 더듬으며 목소리를 낮췄다. 먹어보지 않은 이상 그렇게 정교하게 그 맛을 표현을 할 수 없을 거라고 했다. 다들 놀랐는지 잠시 침묵이 이어졌다.

"꼭 그걸 먹어봐야 알 수 있다니."

정은 그녀가 확신을 가졌더라고 했다.

"그런 이야기를 아무렇지도 않게 하는 걸 보면 멘탈이 좀 다르긴 해."

강 대리 특유의, 빈정거림이 섞인 말투였다. 평소 디스공한 그녀의 모습을 떠올리니 그도 의아하긴 했다. 그는 슬그머니 의자에 몸을 기댔다.

"지난 연수 때를 생각하면 진짜 황당해서."

"왜요?"

정의 말에 황이 조급증을 내며 물었다.

"같은 방을 썼잖아요. 제가 감기가 들어 몸이 안 좋았거든요. 지어 간 약을 먹으려는데 못 먹게 하는 거예요. 다짜고짜 제 목 뒤에 손바닥을 갖다 대지 뭐예요."

"약을 못 먹게 하다니, 폭력에 가까운 일인데. 그것도 제약 회사 연구원이."

정의 말에 강 대리가 신랄한 반응을 보였다. 등 뒤에서 목 뼈가 맞춰지는 소리가 연이어 들려왔다. 아마 강 대리는 목을 뱀처럼 뽑아 좌우로 한 번씩 돌렸을 것이다. 펜싱을 하면서부터 생긴 습관인 것 같았다.

"그녀가 뜬금없이 풍혈자리를 아느냐고 묻더군요. 풍혈자리가 뭐냐고 물으니 바람이 들고 나는 자리라나 뭐라나."

정이었다.

"그런 데가 있대요?"

"코나 입 아닌가?"

황과 강 대리가 연이어 물었다.

"아니라데요."

"코도 아니고, 입도 아니면 도대체 어디랍니까?"

황이 물었다. 정이 그 위치를 가리키는지 여기, 여기요, 하는 거였다.

"아!"

강 대리와 황이 동시에 소리를 뱉어냈다. 하마터면 그는 뒤를 돌아볼 뻔했다.

"여길 따뜻하게 해주면 감기가 빨리 낫는다고, 심지어 드라이기를 켜 가져다 대는 거예요."

"진짜요?"

황이 호들갑스럽게 물었다. 그는 점잖게 팔짱을 꼈지만 내심 호기심이 갔다.

"혹시 한의사 집안에서 자라지 않았을까요? 그쪽에서는 혈자리니 뭐니 그런 말을 일상처럼 하잖아요?"

황의 말대로 그렇지는 않아 보였다. 본사에 갔다가 우연히 인사과 직원이 하는 이야기를 들었다. 가족이 아무도 없다고 해서 그가 이유를 물으니 신변에 대해 시시콜콜 묻는 세상이 아니라서, 라고만 답했다.

그녀에 대해 달리 아는 바가 없어서인지 이야기는 거기서 일단 끊겼다.

"그야말로 행동 자체가 초현실주의예요."

정의 말에 강 대리와 황이 크게 공감하는 것 같았다. 여직 원 정은 그날 밤을 생각하면 다시는 그녀와 같은 방을 쓰고 싶지 않다고 했다. '아이고 참'만 반복하더니 그 방에서 벌어진 일은 이 자리에서 말하고 싶지 않다고 했다. 강 대리와 황은 주어진 업무 이외의 것을 집요하게 물을 인물이 아니었다. 그들의 이야기는 다시 밋밋하게 전환되었다.

"그런데 얼마 전에 일록 씨 고향을 묻더라고요."

그녀가 그의 고향을 황한테 물을 이유가 없을 터였다. 그는 고개를 갸웃거렸다.

"저한테도 묻기에 모른다고 했는데."

정이 그의 고향을 모를 리는 없었다.

"하도 집요하게 물어서 안동 어디쯤일 거라고 대충 말했죠. 안동이 어디쯤이냐고 또 묻데요. 나 참 안동을 모르다니요. 검색을 해보면 다 알 정보를 꼭 묻더라니까요."

'어찌 안동을 모를 수 있단 말인가.'

그는 황의 말에 은근히 자존심이 상했다. 남의 말이나 엿듣는 속된 인간이 아님에도 불구하고 그의 신경은 온통 뒤쪽으로 쏠렸다.

"하는 수 없이 네이버 지도를 펴 보였죠. 검색창에 뜬 지도를 보더니 어머 머네, 라고 하더군요."

그녀의 흉내를 내는 황의 끝머리 여운이 섬세하게 들려왔다. 황과 강 대리는 사람에게 관심을 두는 타입이 아니었다. 콧소리까지 내가며 여자 흉내를 낼 사람은 더욱이 아니었다. 여직원 정은 지도상의 거리를 알려나 모르겠다고 빈정거렸다. 설마 그럴 리가 있겠느냐고 강 대리와 황이 입을 모았다.

"일록 씨 고향을 왜 물었을까요?"

누구보다도 그가 더 궁금한 터였다. 하지만 정의 말에 아무도 의견을 내지 않았다.

"설마 안동까지 찾아가지는 않겠죠?"

한겨울에 시원한 음료를 시켰는지 황이 빨대로 컵 바닥을 빨아대는 소리가 거북하게 들려왔다.

"이유도 없이 거기까지 왜 가겠어요?"

"사차원인데 이유가 있겠어? 그냥 꽂혀서 가겠지."

강 대리가 잘라 말했다. 등 뒤에서 목뼈 맞춰지는 소리가 다시 한 번 들렸다. 본사에서는 파견 연구원들의 체력 단련을 위해 펜싱장 이용을 권장했다. 말은 권장이라지만 이러저러한 활동이 체력 단련이라는 명분으로 모두 인사과에 수집되고 있었다.

"진짜 오줌을 먹어봤을까요?"

황이 뒤늦게 다시 물었다.

"왠지 먹어봤을 거 같지 않아?"

"저는 먹어봤다, 아니 먹고 있다, 에 한 표."

확신에 찬 정의 말에 비명과 웃음이 한꺼번에 터져 나왔다. 그는 당황하여 그만 헛기침을 하고 말았다. 그녀가 자신의 오줌을 받기 위해 쭈그려 앉은 자세와 김이 오르는 그것을 들이켜는 장면이 머릿속에 고스란히 그려졌기 때문이다. 그러자 그의 아랫도리에 힘이 들어가는 거였다. 그는 괜히 얼굴을 붉히다가 지레 자리를 털고 일어났다.

"어머 일록 씨네요."

정이 뒤늦게 그를 알아보았다. 그녀는 어정쩡한 자세로 손만 흔들 뿐 굳이 그를 붙잡지 않았다.

그는 카페를 나와 연구실 쪽으로 천천히 걸음을 옮겼다. 점심을 혼자 먹었는지 그녀가 맞은편에서 걸어오고 있었다. 장갑을 끼고 목도리를 둘렀는데 오가는 사람들 중 유난히 눈에 띄었다. 과하게 두르고 있는 목도리 때문인 것 같았다. 그는 그녀와 마주치지 않기 위해 가로수 옆에 붙어 잠시 딴전을 피웠다. 그녀가 연구실 건물로 들어갔으려니 하고 슬쩍 뒤를 돌아보았다. 그녀가 건물 뒤편으로 가고 있었다.

해도 들지 않는 음지에 무슨 볼일인가 싶었다. 이곳에 근무하고 한두 번 그쪽으로 가본 적이 있었다. 화단이라고 만들어놓긴 했지만 형식적으로 나무 몇 그루 심어놓았을 뿐이었다. 관리가 되지 않아 그마저도 다 죽어가고 있었다.

"누구 기다려요?"

그녀가 건물 뒤편으로 사라지는 것을 보고 있는데 강 대리와 황, 정이 지나가며 한마디 했다. 멋쩍게 서 있던 그는 그들 뒤를 따라 건물 안으로 들어갔다. 그의 고향을 묻더라는 말을 듣기 전까지 그에게 그녀는 백지와 다름없었다. 관계를 맺지 않은 데서 오는 어떤 자유로움이라고 해야 하나, 강 대리와 힌, 킹도 마산가시였다.

그는 그들과 함께 엘리베이터에 올랐다. 그때 그녀가 회전 문을 통과해 건물 안으로 들어서는 모습이 보였다. 정이 재빨리 8층 버튼을 눌렀다. 그녀의 걸음이 빨라지는 것을 보고 그는 자신도 모르게 열림 버튼을 눌렀다. 그녀가 들어서자 차가운 기운이 묻어 들어왔다. 그녀에 대한 뒷얘기가 오간 탓인지 어색한 기운이 감돌았다. 엘리베이터가 4층쯤 올라갔을 때였다.

"어머니는 좀 괜찮으셔요?"

그녀가 조심스럽게 물었다. 누구한테 하는 말인지 몰라 아무도 대답을 하지 않고 있었다.

"그때, 편찮으시다고, 안동에……"

그들이 그녀와 그를 번갈아 쳐다보았다. 그런 것을 물을 만큼 그녀와 사적인 이야기를 나눈 적은 없었다. 그는 기억을 더듬다가 "아 네"라고 짧게 대답했다.

회식이 있었던 것은 한 달 전쯤이었다. 그녀가 앞에 앉아 있길래 몇 마디 주고받았다. 업무가 다른 탓에 대화는 이내 끊겼고 황의 친구인 신문 기자가 합석을 했다. 북극에 있다는 '국제종자보관소'에 취재를 다녀왔다고 해 관심이 그쪽으로 쏠리고 있었다. 그는 처음에 종자보관소를 정자보관소로 알아들었는데 눈치를 보니 강 대리와 황, 정도 그리 알아들은 거 같았다. 기자가 기상이변이나 질병 혹은 전쟁으로 인해 지구의 작물이 파괴되었을 때 그 멸종을 막아보자고 만든 지하 소라고 할 때까지, 정자보관소와 그쪽과의 맥락 파악이 되지 않았다.

"종자보관소라는 데가, 어디에 있나요?"

느닷없이 그녀가 물었고 우리는 다 같이 그녀를 쳐다보았다. 기자가 북극 노르웨이령 스발바르 섬에 있다고 말할 때까지도 다들 감을 잡지 못했다. 유전자 변형을 일으키지 않은 귀리, 보리, 콩, 벼, 조, 수수 등을 나열할 때서야 모두 고개를 끄떡이며 처음부터 알아들은 양 시치미를 뗐다. 그러고는 만회라도 하려는 듯 미래 사회에 닥칠 재난에 대해 의견을 내놓았다. 제대로 알아들은 이가 그녀가 아니었다면 분명 정자보관소 이야기를 꺼내 한바탕 웃고 말았을 것이다. 약대를 나온 강 대리는 바이러스에 의해, 황은 인공지능에 의해, 정은 환경 파괴로 인해 지구가 멸망할 거라며 이야기를 이어나갔다. 술이 좀 들어간 황이 지구가 그토록 훼손되었다면 누가 거기까지 가서 씨앗을 발아시키겠냐고 물었다. 마지막까지 살아남아 씨앗을 발아시킬 사람이 누구냐에 의견이 분분하게 오갔다. 그녀는 안주를 축내며 그저 묵묵히 듣고만 있었다.

"설사 누군가 살아남는다 해도 인간의 발로 걸어서 북극까지 갈 수 있겠어요?"

황은 현실적으로 불가능한 일이라고 했다.

"왜 거길 걸어서 갈 생각을 해요?"

검은 기체를 많이 타서 일찌감치 포기한다고 했다.

"지구가 아작 나는데 뭐가 남아 있겠어."

술이 많이 들어간 강 대리가 엉덩이를 들썩이며 건배를 해댔다. 이 자리에 종자를 퍼트릴 적임자는 없는 것으로 그들은 결론을 내렸다. 처음 잘못 알아들은 대로 그곳이 정자보관소였다면 이야기는 다른 쪽으로 결말을 맺었을 거였다. 농담이더라도 무언가의 끝장을 예견하는 것은 유쾌한 일은 아니었다. 한잔 들어가서인지, 그들의 말을 듣고 있자니 그는 새삼 울적해졌다.

"그게 아무도, 없는 거로군요."

그는 고개를 숙이며 자조 섞인 말을 내뱉었다. 나라도 가겠다는 말 대신 비겁하게 흘러나온 말이었다.

"일록 씨도 참, 농담으로 오가는 말에 좌절까지 하시고."

기자의 말에 그녀가 그를 쳐다보았다. 그때 안동에 사는 작은어머니에게서 전화가 걸려왔다. 어머니 집 근처에 살며 살림을 도와주고 있었는데 어머니 몸이 많이 안 좋아졌다고 했다. 병원으로 모시고 갔는데 한번 다녀가라는 거였다. 어머니는 당뇨합병증으로 몇 년째 입원과 퇴원을 반복하고 있었다.

큰형 내외는 독일에 살고 있었고 여동생도 아프리카 오지에 의료봉사를 가 들여다볼 사람은 그밖에 없었다. 그는 한번 내려가겠다며 전화를 끊었다. 어머니 생각과 더불어 이런저런 감정이 섞이자 더할 나위 없이 쓸쓸한 기분이 들었다.

"일록 씨 울어요?"

옆에 앉았던 정이 놀란 표정으로 물었다. 더 놀란 것은 그였다. 솔직히 그도 눈물이 흐른 것을 몰랐다. 그 상황에서 그가 왜 화장실에 다녀오겠다는 보고 아닌 보고를 하고 일어섰는지 모를 일이었다. 그가 비틀거리며 화장실 입구 쪽으로 가고 있는데 그녀가 쭈뼛거리며 다가왔다. 그러고는 그 앞에 멈춰 서더니 작은 소리로 무어라 말하는 거였다. 그는 이미 바지 지퍼에 손을 대고 있었기에 황급히 화장실로 들어가버렸다. 이후 자리로 돌아와서 그녀가 한 말을 떠올려보았으나 도통 기억이 나지 않았다.

엘리베이터가 8층에 도착할 때까지 강 대리와 황, 정은 아무 말도 하지 않았다.

"좀 괜찮아지셨다니, 다행이네요."

엘리베이터에서 내리며 그녀가 뒤늦게 한마디 했다. 사실 어머니가 좋아진 것은 아니었다. 안동에 있는 병원에 갔을 때 어머니는 부쩍 야위어 있었고 말도 잘하지 못했다. 겨우 몇 마디 하기에 들어보니, 바쁜데 뭐 하러 왔느냐는 말이었다. 그러고는 '나는 괜찮다'는 말만 반복했다. 그날 그는 잠시 집에 들렀다가 서랍에서 우연히 자식들에게 써놓은 편지 뭉치를 발견했다. 왜 부치지 않고 모아놓았는지 작은어머니에게 전화를 해서 물어보았다. 작은어머니는 행여 한 줄이라도 자식들에게 걱정을 끼칠까 봐 못 부치더라고 전했다. 전화기에서 들려오는 낮은 한숨 소리를 듣다가 그는 그깟 편지 한 통이 뭐라고, 라며 작은어머니에게 애먼 소리를 하고 말았다.

그들이 엘리베이터에서 내려 연구실로 들어가고 그는 화장실로 향했다. 볼일을 보다가 무심히 자신의 오줌 줄기를 내려다보았다. 그녀에 대한 이야기만 듣지 않았어도 자신의 오줌을 보며 사색의 시간을 갖는 일은 없었을 것이다. 그는 자라면서 유달리 엄격하게 대소변 가리는 교육을 받았다. 하지만 형제 중 늦게까지 소변을 가리지 못해 주변의 근심을 샀다. 초등학교 졸업 무렵 그 분리 작업을 완벽하게 해낸 이후 그는 자신의 오줌을 볼 때면 실없이 부끄러움이 일었다. 대학에 입학해 처음으로 분석한 것은 자신의 오줌이었다. 그날 교수는 오줌 성분이 어머니의 자궁에 있는 양수 성분과 유사하며 지금 이 자리에 있는 학생들 모두 오줌을 먹고 자랐다고 해도 과언이 아니라고 했다. 어디선가 장난 섞인 야유가 튀어나왔고 곁에 있는 여학생이 토하는 시늉을 해댔다. 하지만 그는 그날 이후 이상하게도 부끄러운 마음이 어느 정도 사라지는 거였다. 그는 소변기 물이 내려간 후 손을 씻고 화장실을 나왔다.

며칠 뒤 강 대리가 실험실에서 샘플 용기를 하나 들고 나오더니 화가 난 듯 그녀의 책상에 던져놓았다. 황과 정이 슬쩍 다가갔다. 그도 가보니 책상에 오줌이라고 적힌 샘플 용기가 놓여 있었다.

"원재료 표기를 이런 식으로 하면 어쩌겠나는 기야!"

그녀가 당황한 듯 샘플 용기를 내려다보고 있었다. 회사 내에서는 핵심 의약품의 원재료인 오줌을 'urine'으로 표기하고 있었다. '오줌'으로 표기하는 것을 금하고 있었는데 의약품의 이미지가 배설물 이미지와 연결되면 사원들에게 불필요한 감정을 불러일으킬 수 있다는 이유에서였다. 오줌은 수천 단계의 분리 과정을 거쳐서 하나의 캡슐이 된다. 그녀는 그 과정에서 일어날 수 있는 오류를 발견하여 역추적하는 일을 맡고 있었다. 완제품인 캡슐에서 배설물인 오줌으로 되돌아가면서 문제를 찾는 거였다. 사실 그 자리는 별반 역할이 없는 자리기도 했다. 지금껏 연구원들이 쌓아온 기술력으로 그런 오류는 거의 발생하지 않았기 때문이다.

"내가 발견하지 않았다면 이대로 본사로 올라갔을 거 아냐."

언성을 높이는 강 대리와는 달리 황과 정은 웃음을 억지로 참고 있었다.

누군가의 오줌이 담긴 샘플 용기가 실험실 안에 있을 때와 실험실 밖에 있을 때의 느낌은 확연히 달랐다. 그걸 머기까지 한다고 생각하니 그 불쾌감이 이루 말할 수 없이 드는 모양이었다. 강 대리가 샘플 용기에 적힌 오줌이라는 글자를 혐오스럽게 쳐다보았다.

"오줌은……"

그녀가 눈을 내리깔고 조심스럽게 입을 열었다.

"우리 몸을 순례하고 나온, 강물과 같아요."

그녀의 말이 끝나기도 전에 강 대리의 얼굴이 일그러졌다. 지켜보고 있던 정과 황도 마찬가지였다. 그들의 시선이 그녀에게서 샘플 용기로 옮겨 갔다. 그녀의 말을 듣고 나니 그는 왠지 모르게 슬픈 생각이 들었다. 오줌에 대한 그녀의 과한 해석이나 연구실에서 그녀와 다른 연구원들과의 거리 때문만은 아니었다. 그 상황이 불러일으킨 연민 때문은 더더욱 아니었다. 강 대리는 그 강물을 보란 듯이 의약품 폐기물 통에 던져 넣었다.

그가 펜싱장에 들어섰을 때 강 대리는 황과 대결을 하고 있었다. 그는 정 옆에 앉아 그들의 게임을 지켜보았다. 강 대리는 머리 쪽을, 황은 어깨와 가슴 쪽을 잘 노렸다. 강 대리에 비해 황은 몸이 굼떠 매번 게임에서 졌다. 그래도 베는 기술이 탁월해 황이 휘두르는 칼에 맞으면 멍이 들 만큼 충격이 셌다. 입사하고부터 펜싱을 시작했으니 벌써 사 년이 다 되어갔다. 하지만 그의 펜싱 실력은 좀처럼 늘지 않았다. 사범은 상대가 인간이라는 감정을 갖게 될수록 지는 게임이라고 했다. 최대한 불필요한 감정을 없애야 상대를 이긴다는 것이다. 펜싱을 같이 해보면 상대의 몸 어디에 촉이 서 있는지 알수 있다. 강 대리는 머리 쪽 반응이 빨랐다. 그는 한 번도 강대리의 두상을 칼로 찔러보지 못했다. 강 대리가 황의 머리를 찔러 점수를 따내는 것을 보고 있을 때였다. 정이 갑자기 그의 옆구리를 찔렀다.

"그런데 저 두 사람, 캡슐 같지 않아요?"

정이 회사에서 만들어내는 순백의 캡슐 이름을 대며 느닷없이 웃어대기 시작했다. 캡슐이라니. 하얀 투구에 쫄바지를 입고 서로를 향해 칼을 휘두르고 있는 그들을 보니 그런 것도 같았다. 그도 웃음이 튀어나왔다.

게임은 강 대리의 압승이었다. 투구를 벗고 매우 흡족한 표정으로 점수판을 보는 강 대리와 달리 황은 맥이 빠진 듯 물만 들이켰다.

"그런데 유린은 요즘 왜 펜싱장에 안 오는지 모르겠어요. 본사에서 아낌없이 지원을 하는데."

정이 그에게 물었다. 강물 사건 이후 그들은 그녀를 '유린 (urine)'이라고 불렀다.

"업무가 바쁘겠지요."

그가 무심코 한마디 했다.

"강물만 끼고 있는데 뭐가 바쁘셨어."

강 대리가 툭 내뱉었다.

"그러게요. 누구는 국민들의 건강 증진을 위해 어쨌든 완벽한 의약품을 만들어보겠다고 기를 쓰고 있는데 겨우 강물이라니요."

그 말을 내뱉고 좀 과하다 싶었는지 황이 억지웃음을 보였다. 정과 대결을 하는 그녀를 본 적이 있었다. 그녀는 결코 정을 이기지 못할 거였다. 첫 대결을 보고 그는 그런 생각이 들었다.

다음 날, 그는 점심을 먹고 카페에 들러 커피를 한 잔 사서 연구실로 돌아왔다. 뒤늦게 정도 커피를 손에 들고 오다 그녀의 책상 앞에서 갑자기 멈춰 섰다. 정이 노란 액체가 든 컵을 유심히 쳐다보았다. 그녀의 책상에 보라색 텀블러가 놓여 있었는데 늘 보아온 거였다. 그 안에 든 내용물을 수시로 컵에 따라 마시기에 다들 대수롭지 않게 보아 넘겼던 터였다.

"이거 뭐예요?"

정이 컵을 가리키며 물었다.

"혹시, 레몬에이드?"

"……강물이에요."

"강물?"

정이 선뜻 이해하지 못한 듯 되물었다. 강 대리와 황의 시선이 동시에 컵 쪽으로 쏠렸다.

"아이참 농담도."

뒤늦게 그 뜻을 알아챈 정이 어색하게 웃다가 자신의 자리로 돌아갔다. 입사 이래 가장 냉랭한 분위기가 연구실에 감돌았다.

그 정적을 헤치고 그녀가 강 대리와 황의 자리를 지나 그에게 다가온 것은 퇴근 무렵이었다. 여선이 목에 목도리를 과하게 두르고 있었다. 아니 칭칭 감고 있다는 표현이 맞을 거였다. 그는 슬리퍼를 벗고 구두로 갈아 신다가 그녀를 쳐다보았다.

"드릴 말씀이 있어서요."

그녀가 다소곳이 눈을 내렸다. 강 대리와 황, 그리고 정이 줄곧 쳐다보고 있었다. 헝클어진 머리와 단정하지 못한 옷차림, 무얼 하다 왔는지 신발도 뒤축을 구겨 신고 있었다. 그때 그는 다시 그녀가 오줌을 받아 맛보는 장면이 떠올랐다. 그러자 아랫도리가 묵직해지며 얼굴이 달아올랐다. 그건 성적 자극이 아니라 배변 욕구에 가까운 거였다.

"지난번에 하신 말씀 듣고, 생각해봤어요."

"제가, 무슨 말을."

"제가 갈게요."

"어디를, 말입니까?"

"일록 씨가 말했던 거기요."

그가 말한 곳이 어디란 말인지 도대체 모를 일이었다. 그녀가 수줍은 표정을 짓더니 자신의 자리로 돌아갔다. 그는 바쁜

24

척 가방을 챙겨 들고 연구실을 나왔다.

　며칠 뒤 주말을 앞둔 그날도 그녀는 혼자 점심을 먹은 모양이었다. 그녀가 건물 맞은편에서 걸어오기에 그는 가로수 밑에서 잠시 주춤거렸다. 그녀가 다가오면 이번에는 알은척을 할 생각이었다. 그런데 그녀가 또 건물 뒤편으로 사라지는 거였다. 해도 들지 않는 음지에 무슨 일로 드나드는지 궁금증이 일었다. 그는 슬그머니 그쪽으로 걸음을 옮겼다. 벽 쪽에 붙어서 조심스럽게 화단 쪽을 넘겨다보았다. 멀찍이 나무 화단에 쭈그리고 앉은 그녀의 모습이 눈에 들어왔다. 입구에 동백나무 한 그루가 서 있지 않았더라면 그녀의 모습이 오롯이 드러났을 것이다. 강 대리가 강물을 폐기물 통에 던져 넣던 날 그녀가 했던 말이 떠올랐다.

　'오줌은, 몸을 순례하고 나온 강물과 같아요.'

　그녀가 죽어가는 나무 옆에 앉아 그러고 있는 모습을 보자 막연한 슬픔이 느껴졌다. 그는 조용히 그곳에서 물러났다.

　연구실로 돌아와 보니 강 대리와 황, 정이 그녀의 책상을 둘러싸고 있었다. 그는 문 닫는 것도 잊고 슬그머니 그들 곁으로 다가섰다. 책상에는 여전히 보라색 텀블러와 노란 액체가 담긴 컵이 놓여 있었다.

　"농담이었겠지, 진짜 오줌이라면 그렇게 당당하게 이게 오줌, 아니 강물이다, 라고 말하겠어요?"

　무슨 말이 오갔는지, 황이 자기최면을 하듯 낮게 중얼거렸다. 그들은 그동안의 불쾌감을 종식시키고야 말겠다는 듯 컵 속의 노란 액체를 노려보았다.

"제가 확인해볼게요."

작정하고 나선 것은 정이었다. 정이 실험용 장갑을 끼고 몸을 뺀 채 오른쪽 팔을 컵 쪽으로 뻗었다. 정이 컵을 조심스럽게 잡자 강 대리와 황이 뒤로 슬쩍 물러났다. 정이 냄새를 맡으려고 천천히 코 쪽으로 컵을 가져갈 때였다.

"뭐, 하세요?"

언제 왔는지 그녀가 그의 뒤에 서 있었다. 그녀를 본 정이 당황하여 컵을 놓쳤고 액체가 바닥에 떨어지며 하필 강 대리 바지에 튀고 말았다. 정과 황이 비명을 지르며 뒤로 물러섰고 강 대리가 성급히 화장실로 뛰어갔다. 누구도 바닥을 닦을 엄두를 내지 않고 있자 그녀가 태연하게 휴지로 바닥을 닦아냈다. 쭈그리고 앉아 액체를 닦고 있는 그녀를 보고 있는데 문득 스발바르 종자보관소 이야기가 나오던 날, 그녀가 화장실 앞에서 했던 말이 기억났다.

'제가 갈게요.'

그녀가 바닥을 닦으며 다가올 때까지 그는 쏟아진 액체를 밟고 있다는 것을 잊고 있었다. 그날 밤 그는 작은어머니에게서 어머니가 위독하다는 전화를 받았다. 그는 서둘러 안동으로 향했다.

안동까지는 아직 20킬로 정도 남아 있었다. P시를 벗어나 고속도로에 접어들 때만 해도 눈은 흩날리는 정도였다. 터널을 하나씩 지날 때마다 눈발이 거세졌고 안동을 목전에 두고서 차는 가다 서다를 반복했다. 그녀는 뒷자리에 앉아서 그들의 이야기를 넷 시간째 듣고 있었다. 그의 집안에 대한 이야기가 대부분이었다. 큰아들도 독일에서 교수로 있고 딸도 의사를 만들었으니 노친네 가는 길에 여한은 없을 거라는 이야기였다. 사정이 그렇다 보니 장례식장을 그 혼자 지키고 있는 모양이라고 했다.

그녀는 차 안을 조심스럽게 둘러보았다. 황은 조수석에 앉아 잠이 들었고 정은 그녀 옆에 앉아 책을 펼쳐 들고 있었다. 그녀가 처음 차에 오를 때 정은 덥지 않느냐고 물었다. 오리털 파카에 털 부츠까지 신은 옷차림이 거북하게 느껴지는 것 같았다. 정은 여전히 목을 훤히 내놓고 오는 내내 잔기침을 했다. 풍혈자리를 따뜻하게 해주면 좀 나을 텐데 한여름에도 감기를 달고 사는 것 같았다.

"요즘이 어떤 세상인데 일기예보가 안 맞는단 말인지. 살다가 이렇게 눈이 많이 내리는 건 처음이네."

강 대리가 운전대에서 손을 떼지 못하고 투덜거렸다.

"폭설 탓에 차들이 아예 눈에 띄지 않네요."

그녀는 정의 말에 밖을 내다보았다. 한 마을이 눈에 파묻혀가고 있었다. 정은 간간이 밖을 보다가 다시 책으로 시선을 내렸다. 강 대리가 윈도브러시를 작동시켰지만 눈이 쌓여서 꼼짝도 하지 않았다. 하얗게 눈이 덮인 산 가운데 터널 입구가 보였다. 강 대리는 어찌 되었든 터널까지만 가보자고 했다. 터널을 지나 삼십여 분을 더 가면 장례식장이었다. 한 시간 만에 차가 겨우 터널에 진입했을 때 안은 딩 비이 있었다.

"밖에서 눈을 뒤집어쓰고 있는 것보다 안이 좀 낫네요."

정이 말했다. 강 대리가 속도를 줄였다. 그제야 황이 눈을 떴다.

"벌써 도착한 겁니까?"

창밖을 내다보던 황이 기지개를 켜며 시계를 보았다.

"이런, 도로에서 반나절을 보낸 꼴이네요."

황이 라디오를 켰다. 뉴스라도 들어보겠다는 것이다.

"주파수가 안 잡혀요."

뉴스를 들어본들 제설차량이 와서 눈을 치우지 않는 이상 안동까지 가기는 힘들 거였다. 황이 휴대폰을 꺼냈다.

"휴대폰도 터지지 않는데요?"

당황한 황이 목소리를 높였다. 정은 여전히 책에 시선을 내리고 있었다.

"본사처럼 우리도 조의금만 부칠 걸 그랬네."

오늘 중으로 장례식장에 도착하기는 글렀다며 강 대리가 말했다.

"지금 나가봤자 꼼짝 못하고 눈밭 뒤십어쓸 덴데, 어기까지

온 것만 해도 최선을 다한 거 아니겠어."

강 대리가 속도를 더 줄였다.

"맞아요. 저런 폭설을 헤치고 간다는 건 불가능한 일이라고 봅니다."

황도 포기가 빨랐다. 그 말에 힘을 얻었는지 강 대리가 터널 한가운데 차를 세웠다. 오면서 보았듯이 폭설을 뚫고 터널까지 진입할 차는 없을 거라고 했다.

"바깥 풍경이라도 보게 좀 더 가서 터널 입구에 세우는 게 낫지 않을까요?"

정이 터널 안을 훑으며 물었다.

"여기가 그래도 낫지. 입구 쪽으로 가면 아마 이삼 도는 더 내려갈걸."

룸미러 안으로 정을 달래듯 쳐다보던 강 대리가 그녀 쪽을 흘깃거렸다. 그녀는 굳은 표정으로 자신을 곁눈질하는 강 대리를 무심히 보았다. 차에 오른 이후 처음으로 강 대리와 눈이 마주친 거였다.

그녀는 무릎에 올려둔 목도리를 목에 둘렀다.

"저 좀, 내려주시겠어요?"

황, 그리고 정이 그녀를 쳐다보았다.

"왜, 왜요?"

정이 물었다.

"이런 폭설에 어쩌려고요?"

혹시 화장실이 급한 거냐고 황이 물었다.

"……아니요."

"그럼?"

"가 보려고요."

"어딜요?"

"일록 씨한테요."

그들은 일시에 입을 닫았다.

그녀는 장갑을 끼고 배낭을 챙겨 들었다.

"이 폭설에, 만일 사고라도 당하면."

그게 누구 책임이겠냐고 강 대리가 물었다.

"그럴 일은 없을 거예요."

그녀가 차에서 내리자 정이 책을 덮었다. 그러고는 그녀가 앉았던 자리로 옮겨 와 유리문을 삐죽이 열었다.

"여기 그냥 있어요. 밖은 위험해요."

정이 그녀를 보고 말했다. 찬바람이 들어서인지 정이 이내 잔기침을 해댔다. 그녀는 배낭을 뒤져 텀블러를 꺼냈다. 강 대리와 황, 정의 시선이 일시에 텀블러로 쏠렸다. 그녀는 열린 창틈으로 텀블러를 내밀었다.

"따듯하게 마시면 목이 좀 편할 거예요."

"아아, 아니요."

정이 손사래를 치며 자리를 옮겨 앉았다. 그녀는 차문을 열고 자신이 앉았던 자리에 텀블러를 내려놓았다. 안에서 낮은 한숨 소리가 흘러나왔다.

그녀는 터널 밖을 향해 걷기 시작했다. 터널은 생각보다 길었다. 한참을 걷다가 그녀는 뒤를 돌아보았다. 전조등을 켜놓은 채 멈춰 서 있는 차가 아득하게 보였다. 주파수가 잡히지 않는다면 그들은 밖으로 나오지 않을 거였다. 그녀는 목도리 끝을 여미고 터널 안을 걸어 나갔다. 멀리 입구에서 희미하게 빛이 쏟아져 내렸다. 터널 입구에 다다르자 밖은 온통 회색빛으로 물들어 있었다. 그녀는 눈이 부셨다. 눈발은 잦아들지 않았고 길가에는 높낮이를 달리한 나무가 눈을 뒤집어쓴 채 줄지어 서 있었다. 그 사이로 검은 새 한 마리가 포르르 날아올랐다. 길은 백색 초원처럼 펼쳐져 있었고 끝없이 이어진 길을 걷다 보면 생을 마친 누군가의 장례식장에 도착할 것이다. 그녀는 아무도 밟지 않은 눈 위를 걸어 나아갔다.

다소 기이한 입장의 C

그는 자장면 그릇을 작업실 복도에 내놓다가 그녀를 보았다. 그녀는 노란 원피스를 입고 복도를 걸어오고 있었다. 머리 왼편에 회색 꽃핀을 꽂았고 천으로 된 작은 가방을 든 모습이었다. 창밖으로 해가 기울며 빛이 고스란히 복도로 스며들었다. 흘러내린 긴 머리카락 사이로 툭 삐져나온 광대뼈와 두툼한 입술. 그녀는 고갱의 그림 속에서 막 걸어 나온 타이티 여자처럼 보였다. 그녀는 다른 입주 작가 작업실 앞을 지나오면서 자주 웃음을 흘렸다. 딱히 그를 보고 웃는 것은 아닌 것 같았다. 무언가를 감상하듯 옆방까지 걸어와 붉은 물감이 피처럼 묻어 있는 한복 속치마 앞에서 걸음을 멈추었다. 열두 폭이 훨씬 넘는 속치마는 무용 선생의 공연 의상이었다.

장마 때 복도에 내놓은 뒤 아직 걷어들이지 않고 있었다.

"「왕과 나」를 봤어요."

그녀가 치마폭을 만지작거리며 중얼거렸다. 복도에 나와 있는 사람이 달리 있긴 한데도, 그에게 하는 말로 들리지 않았다. 「왕과 나」라니. 느닷없는 그녀 말에 그는 작업실로 들어가려다 멈칫거렸다. 율 브리너와 데보라 카가 나오는, 까마득히 먼 옛날 영화를 어느 케이블 채널에서라도 본 모양이었다. 그도 오래전에 본 적이 있었다.

"이 드레스가 맞아요."

그녀가 확신에 찬 듯 그렇게 생각하지 않나요, 라고 물었다. 그는 그런가요, 라고 혼자 웅얼거렸다. 붉은 물감까지 묻은 한복 속치마에서 「왕과 나」를 도저히 떠올릴 수 없었던 것이다.

그녀가 그가 있는 쪽으로 걸어왔다. 그제야 그는 그녀와 운동장에서 몇 번 마주쳤던 기억이 떠올랐다. 유치원생 아이 둘을 데리고서였다. 남자아이는 그녀의 아이였고 여자아이는 고모라고 부르는 것을 보면 조카인 것 같았다. 그녀는 늦은 시간까지 미끄럼틀 위에 앉아 아이들이 뛰어노는 모습을 보고 있거나 산동네 어디쯤을 멍하니 보고 있었다. 눈여겨보지 않았음에도 기억에 남는 것은 그녀가 두고 있는 시선 때문이었다. 대상을 정확하게 보고 있지 않는다고 해야 하나, 무언가로부터 어긋나 있는 시선이었다.

"이 학교는 미란이가 다닌 학교예요."

그녀가 여전히 시선을 그에게 주지 않은 채 이를 드러내고 환히 웃었다. 왼쪽 윗니가 반쯤 썩었고 아랫니도 치열이 고르지 않았다. 그때 어린아이 둘이 복지관과 연결된 동에서 창작동 복도로 막 뛰어들었다. 등에 유치원 가방을 메고 있었는데 그녀를 발견하자마자 이쪽을 향해 내달렸다. 복도 끝에서 화장실 옆으로 꺾어진 별개 동은 지역 복지관이었다. 복지관과 창작동은 복도가 서로 연결됐지만 왕래하는 사람은 드물었다.

"우리 아이들이에요."

그녀가 다시 이를 훤히 드러내고 웃었다. 등을 지고서도 뛰어오는 소리만으로 자신의 아이들을 알아챘다. 달려오던 아이들은 그녀의 품에 안기는 대신 그가 열어놓은 미닫이문을 통해 작업실 안으로 곧장 뛰어들었다. 책상 위에 시집 원고가 그대로 펼쳐져 있었기에 그는 서둘러 작업실로 들어갔다.

아이들은 이미 유치원 가방을 바닥에 내팽개친 채 남자아이는 책꽂이 앞에서 휴대폰을 들이대며 사진을 찍는 중이고 여자아이는 어디서 찾았는지 비스킷을 입에 물고 창가에 놓아둔 소파에서 뛰어올랐다. 그가 현관에 벗어던진 녀석들의 신발을 바로 놓는데 뒤에서 낄낄거리는 소리가 들렸다. 고개를 돌려보니 남자아이가 그의 엉덩이에 휴대폰을 들이대고 있었다. 찰칵찰칵 소리가 연이어 들렸다. 주의를 주려고 그가 돌아서자 앞부분을 겨냥하고 휴대폰을 마구잡이로 눌러댔다. 그러고는 손가락으로 찌르며 무언가 안다는 표정으로 깔깔깔 웃어젖혔다. 그때 소파 위에서 뛰던 여자아이가 바닥이 미끄러웠는지 양말을 벗어던졌고 하필 한 짝이 커피잔 속으로 빠져버렸다. 먹다 남긴 커피가 사방으로 튀었다. 손쓸 틈도 없이 펼쳐놓은 교정 원고가 엉망이 되었다.

"들어가도 될까요?"

그때 그녀가 문밖에서 고개를 삐죽이 내밀었다. 그는 잠시 망설였다. 낯선 이들을 들여 공연히 시간을 낭비하기 싫었다. 그럼에도 그는 네, 라고 해버렸다. 그녀가 산만하게 돌아다니는 아이들을 데리고 곧 나가리라 기대하면서 말이다.

그녀는 현관에 신을 가지런히 벗어놓고 실내로 들어왔다. 한 번 접어 신은 하얀 발목 양말이 먼저 눈에 띄었다. 실내 바닥은 원목으로 되어 있었다. C가 있을 때에는 현관과 경계가 명확하지 않아 신발을 신고 들어오는 사람이 많았다. C가 밖으로 떠돌아다닐 동안 방을 차지하고 있다 보니 그게 거슬렸다. 매트를 사다 그 경계에 놓자 그런 일은 더 이상 생기지 않았다.

그의 예상과는 달리 그녀가 치마를 간추리며 의자에 앉았다.

"미란이가 나온 학교인데, 미란이가 무척 와보고 싶어 했어요."

그는 마지못해 학교가 워낙 많이 변해서 찾아와도 추억을 발견하기는 힘들 거라고 말했다. 남은 거라고는 창과 미닫이 문 정도였다.

"미란이가 일을 다녀서 못 와요."

그녀가 뭐 뭔가 두 미민끼끼끼 그른 처다봐았다 여전히 시선이 어긋났다.

이곳은 변두리에 있는 오래된 학교였다. 낮은 산과 부두 너머 바다가 보여 전망은 빼어났지만 대형 컨테이너 차량이 빈번히 지나다녔다. 해마다 사고가 잦아 아이들이 다치거나 목숨을 잃었다. 아이들이 다른 학교로 옮겨 가게 된 이유도 그래서였다. 폐교가 된 학교를 시에서 개조해 예술인들에게 내주었다. 입주 작가를 모집할 때 그도 지원을 했지만 경쟁률이 높아 떨어졌다. 나중에 알고 보니 미술, 영화, 음악, 무용같이 시각과 공연 예술 부문이 대부분이었고 문학 쪽에서 선정된 사람은 C뿐이었다. 그는 C에게 밀릴 이유가 딱히 떠오르지 않았다. C와 견주어 미끄러지는 일이 몇 번 생기다 보니 그는 자연스레 지원 사실을 숨기게 되었다.

"미란이 사진 한번 볼래요?"

그녀가 휴대폰에 저장된 여자를 불러냈다. 그는 마지못해 사진을 쳐다보았다.

"참 예쁘지요."

미란이라는 여자는 토끼 모양의 이모티콘을 뒤집어쓴 채 혀를 날름거리고 있었다. 한눈에 보아도 어려 보였고 노는 아이 티가 났다. 미란이라는 여자가 누구냐고 물어볼 참이었다.

"미란이는 내 남동생의…… 음?"

그녀가 무언가를 심각하게 생각하는 눈치였다.

"마누라예요."

그녀가 정중하게 말했다. 그는 젊은 여자 입에서 올케나 아내라는 말이 아닌 마누라라는 말이 튀어나와 속으로 적잖이 놀랐다.

"미란이가 첫눈에 남동생을 보고 반했어요."

둘은 사랑을 했다는 말을 할 때는 썩은 이를 드러내며 부끄럽게 웃었다.

"참 고마운 일이지요."

그녀의 말이 여느 사람들과 좀 다르다는 생각이 들 때였다. 불쑥 남자아이가 그녀에게 다가왔다. 씩씩대며 양쪽 옆구리에 손을 올리더니 어린아이 같지 않은 엄숙한 표정을 지었다. 그러고는 투정 같기도 하고 주의를 주는 것 같기도 한 애매한 말투로 그녀에게 한마디 했다.

"엄마 말하지 마!"

그는 그녀에게 할 말이 있나 싶어 녀석을 쳐다보았다. 녀석은 조금 전 태도와는 사뭇 다르게 낄낄거리며 다시 사진을 찍어댔다.

"사천 원입니다."

언제 왔는지 중국집 배달원이 입구에 서 있었다. 그때 여자아이가 자장면이 먹고 싶다고 떼를 썼고 남자아이도 먹겠다고 나섰다. 여느 보호자였다면 아이를 나무라며 데리고 나갔을 거였다. 그녀는 썩은 이를 드러내며 웃고만 있었다. 묻지도 않았는데 자신은 안 먹겠니고 깅죵히 미안끼기 했다. 그는 마지못해 자장면 두 그릇을 다시 시켰다. 이내 주문한 자장면이 왔고 야무지게 말하는 거와 달리 여자아이는 젓가락질을 못했다. 자장면 춘장이 노트북에까지 튀었다. 그녀는 휴지 대신 가방에서 가제 손수건을 꺼내 조카의 입을 닦아냈다. 어떻게 유치원생이 자장면 한 그릇을 싹 비울 수 있는지 여자아이는 춘장까지 긁어 먹었다. 반면 남자아이는 자장면을 반이나 남겼고 그녀가 나머지를 먹어치웠다.

"제가 돈이 없어요."

자장면 그릇을 밀어내며 그녀가 미안한 표정을 지었다. 여전히 시선이 1센티 정도 비켜났다. 그는 자장면 값을 치르지 않아 그런가 보다 생각했다. 그녀가 돈이 없다는 말을 반복했다. 그는 드디어 올 게 왔구나 하는 생각이 들었다. 돈을 빌려달라고 하면 정중히 거절할 생각이었다.

"미란이한테 돈을 받아야 하는데, 돈이 없어요."

상황을 보니 미란이라는 여자한테 돈을 타 쓰는 모양이었다.

"전화번호 좀 알려주세요."

"그건 왜요?"

"맛있는 거 사드릴게요."

그때 그녀의 휴대폰이 울렸다.

"알았어."

통화는 짧게 끝났다.

"남동생은 가수 애를 냈었이요. 근네 맞내요. 미란이가 다닌 학교가 맞대요."

휴대폰을 내려다보며 그녀가 말했다. 그는 그녀가 거짓말을 한다고 느꼈다. 짧은 통화 내용 안에 학교 위치나 분위기 같은 설명이 전혀 들어 있지 않았던 것이다.

"동생이 맞다고 해요. 미란이가 다닌 학교가 맞대요."

그녀의 표정이 밝아졌다. 전의 상실이라고 해야 하나, 그녀는 그의 얼굴에서 실망하는 표정을 분명히 읽었을 것이다. 그는 그제야 그녀 머리에 꽂은 꽃핀이 왠지 과하다는 생각이 들었다. 그때까지 휴대폰을 손에서 놓지 않고 사진을 찍어대던 남자아이가 다시 그녀에게 다가왔다.

"엄마, 말하지 마!"

이번에는 단호한 태도였다.

"너는 왜 엄마한테 말하지 말라고 하니?"

그도 모르게 혼내는 투로 말이 나왔다. 버릇없는 녀석을 가르치거나 그녀 편을 들기 위해 한 말은 아니었다. 단지 무언가 비정상적으로 흐르는 상황이 피곤할 뿐이었다. 순간 녀석이 당황한 듯 멈칫하며 입을 다물었다. 끼입 길에 들여보고 나서 처음으로 주춤거리는 모습을 보였다. 잠깐 보아온 바로는 그 이유 정도는 충분히 대고도 남을 녀석이었다.

그때 여자아이가 나섰다. 지금껏 야무지게 의사를 표현했던 여자아이가 도저히 알아들을 수 없는 말을 쏘아댔다. 욕설이 아니라는 것은 아이의 느낌에서 느낄 수 있었다. 나름의 정의감이라고 해야 할까. 동지가 궁지에 몰렸다고 생각을 해 앞뒤 없이 녀석을 변론하는 것 같았다. 두서없는 말 중에 아빠가 없어요, 라는 말이 귀에 들어왔다. 녀석은 잠시 그대로 서 있다가 슬그머니 책꽂이 쪽으로 가버렸다. 이런 상황에도 아랑곳없이 그녀는 평온한 얼굴로 그저 모든 사물과 인물에서 1센티쯤 벗어난 곳에 시선을 두고 있었다.

"팔천 원입니다."

중국집 배달원이었다. 그는 하는 수 없이 돈을 지불하고 그녀 쪽을 보았다. 그녀는 다소곳하게 앉아 아무런 생각도 없는 것처럼 발을 포개 그네를 타듯 흔들고 있었다. 목을 접어 신은 하얀 양말이 이상하게 원목 마루판과 잘 어울렸다.

중학교 때 좋아하는 여학생이 있었다. 그 여학생도 그녀처럼 하얀 양말의 목을 접어 신고 다녔다. 얼굴에 옅은 화장을 하고 다니기는 했지만 양말 때문에 꽤 청순한 느낌이 들었다. 그가 좋아한다는 걸 아는지 지나치며 수줍게 웃음을 흘리곤 했다. 그래도 별다른 진전이 없어 꽤 오래 속앓이를 했다. 가끔 양말을 곱게 접어 신은 여자를 보면 그때 일이 떠올랐다.

산만하게 돌아다니던 여자아이가 결국 소파에 앉아 졸기

시작했다. 그녀가 바닥 한구석에 떨어진 양말 한쪽을 주워 챙겼다. 나머지 한쪽을 찾다가 어디 있는지 아느냐고 그에게 물었다. 그녀가 너무 정중하게 물어서 그는 양말을 찾으려 일어섰다, 양말이 커피잔 속에 빠졌다는 것을 잠시 잊었던 터였다. 뒤늦게 그가 잔을 내밀자 그녀가 그걸 들고 화장실에 가서 깨끗이 빨아 왔다. 그는 이제 양말도 챙겼으니 그녀가 아이를 업고 가리라 생각했다. 그의 짐작과는 달리 그녀는 지는 볕이 인색하게 드는 창가에 양말 한쪽을 널었다.

"아이들이 가야만 갈 수 있어요."

그녀가 의자에 앉으며 나지막이 말했다. 귀찮아하는 표정을 야박하게 내보이지 않았는데 어떻게 상대방의 심정을 읽었는지 그녀가 완벽한 보호자처럼 나섰다. 그녀가 잠이 든 조카를 안아 소파에 눕혔다. 그는 하는 수 없이 커피를 타 그녀 앞에 내놓았다.

해가 점점 기울어가자 창으로 노을빛이 들기 시작했다. 올해 초였다. 꽃샘추위가 있던 날 이른 술자리 끝에 동료 시인들과 섞여 이곳에 들렀다. C는 작업실을 얻어놓고 정작 밖으로 떠도는 눈치였다. 시가 잘 안 써진다는 이유에서였다. 많던 책도 얼추 정리하고 C는 이미 떠날 준비를 하고 있었다. 산과 바다와 도시가 한눈에 보이는 절경을 앞에 두고 배부른 소리 한다며 누구가 시새 어린 말을 뱉었나. 그러한 풍경에 석양빛이 더해지자 그는 시선을 뗄 수가 없었다. 그날 그는 창밖 풍경을 바라보다가 이상한 욕심이 올라왔다. 이 자리에 진짜 있어야 할 사람은 C가 아니라는 생각이 들어서였다. 그런 속내를 알아챘는지 C는 자신이 없는 동안 이곳에서 지내도 좋다며 그에게 선뜻 방을 내주었다.

웬만큼 사진을 찍었는지 녀석이 그에게 다가왔다. 자랑하듯 휴대폰으로 사진을 보여주었다. 초점도 맞지 않는 것들이 대부분이었다. 그의 얼굴도 있었는데 알아볼 수도 없을 정도였다. 그중 엉덩이 부분만 선명하게 찍혔다. 대상을 보고 천천히 초점을 맞춰 찍으라고 녀석에게 점잖게 한마디 했다. 무질서한 화면들이 왠지 모르게 불편하게 느껴졌기 때문이다. 그러든 말든 녀석이 사진을 계속 넘겼다. 거기에는 마구잡이로 찍은 동영상이 들어 있었다. 집에서 티브이를 보면서 찍은 것 같았다.

녀석이 의기양양하게 동영상 플레이를 눌렀다. 특별하달 것 없는, 그 또래 아이들이 즐겨 볼 만한 만화 영상이 지나갔다. 티브이 화면 속으로 쭈그려 앉은 녀석의 모습이 겹쳐 보이고 그 주변으로 전선줄이 어지럽게 널려 있었다. 그곳이 그녀가 얹혀사는 남동생 내외의 집인 모양이었다. 생쥐 한 마리가 고양이를 피해 도망치는 장면이 이어질 때였다. 녀석의 등 뒤로 검은 그림자가 얼핏 스쳐갔다. 우리말 더빙과 섞여 화면 밖에서 남자 목소리와 여자 목소리가 신경질적으로 섞여들었다. 비를 닮았다는 남동생과 미란이라는 여자인 모양이었다.

도망치는 생쥐의 절박함 때문만은 아니었다. 녀석 뒤에 어둠처럼 끼어 들어온 그들의 목소리를 듣기 위해 그는 자신도 모르게 귀를 예민하게 세웠다. 더빙 소리에 묻히긴 했지만 그들의 목소리는 점점 더 날카롭게 늘렸다. 그는 내심 누군가 녀석을 끌어내 멱살을 잡을 것만 같았다. 그때였다.

"실례합니다."

그는 굵직한 목소리에 놀라서 고개를 들었다. 뜻밖에도 문 입구에 C가 서 있었다. 넉 달 만이었다. 어딜 돌아다니다 왔는지 덥수룩한 머리에 수염까지 깎지 않아 부랑아처럼 보였다. 그토록 깔끔하고 단정했던 C가 지금까지 보아온 중 최악의 몰골로 나타났다. C는 낯선 손님처럼 안의 풍경을 살폈다.

"손님이 계셨네."

C가 머리를 긁적이며 말했다. 그녀는 C를 등지고 앉았는데 뒤를 돌아보지 않았다. C는 경계 지점에 놓아둔 매트를 밟고 애초에 그랬던 것처럼 신발을 신은 채 실내로 들어왔다가 작업실 분위기가 사뭇 달라졌다는 것을 느꼈는지 매트 밖으로 물러서 어색하게 신발을 벗었다. 발 냄새가 심하게 올라왔고 양말은 두 군데나 구멍이 나 있었다.

C는 손님처럼 입구에 배낭을 내려놓았다. 어색함을 떨치려는 듯 쌍희반점 자장면 맛이 그리워 돌아왔다고 너스레를 떨었다. C가 맛있다고 인기준 집이시만 그는 매번 다른 집을 이용했다. 배가 고픈지 C가 자장면을 시키려다가 같이 먹겠냐

고 물었다. 그가 점심을 늦게 먹었다고 하자 그녀가 먹겠다고 나섰다. C는 자장면 두 개에 만두 하나를 주문하고 의자에 앉았다. 어쩔 수 없이 그는 그녀와 C와 한 테이블에 마주 앉게 되었다. C의 눈을 빼곤인지 너서이 눈치를 살피며 조용히 소파 끝에 엉덩이를 걸쳤다. 그녀는 여전히 대상에서 1센티 정도 벗어난 시선으로 마주 앉은 그와 C 사이 어디쯤을 바라보고 있었다.

C에게 그녀를 소개시켰다. 근처 사는 모양인데 복도 앞을 지나가다가 아이들 때문에 이리되었다고 장황하게 설명을 했다. 거기에 그녀가 매우 감상적인 사람인 양 무용실 앞에서의 일도 말해주었다.

"「왕과 나」를 자주 보신 모양이더라고."

굳이 그런 말까지 할 필요는 없었는데, 이쪽 동네 사람들은 최신 영화보다 그런 영화를 많이 보는 것 같다고 덧붙였다. 돈이 별로 안 드는 기본 유선채널을 선호하는 사람이 많다는 소릴 들어서였다.

"곧 갈 거였는데, 애가 자는 바람에."

이리되었노라고, 마지막 변명을 늘어놓으며 여자아이가 잠자는 소파로 시선을 돌렸다. 그 발치 아래 녀석도 어느새 잠이 들어 있었다. 그는 그녀에게 C를 시인이라고 소개했다. 그때 자장면이 도착했고 쌍희반점 사장은 용케 C를 알아보았다. 그러면서도 돈은 그에게 받아갔다.

"제가 돈이 없어요."

자장면을 받아 든 그녀가 썩은 이를 훤히 드러내며 말했다. C는 자장면을 성급히 비비다 떼먹지 말고 다음에 갚으라고 했다. 그동안 굶고 돌아다닌 것처럼 C는 입 주변에 춘장을 묻혀가며 지저분하게 면을 빨아 당겼다. C가 만두까지 거의 다 먹어치우고 젓가락을 놓자 그녀가 가방에서 가제 손수건을 꺼내더니 상체를 기울여 C의 입 주변에 묻은 춘장을 닦아냈다. 한순간 너무나 자연스럽게 벌어진 일이었다. 웃긴 것은 C가 아이처럼 턱을 내밀었다는 것이다. C도 당황한 기색이었다. 그는 C가 물 한 모금을 물고 우악스럽게 입을 헹구는 동안 빈 그릇을 밖에 내놓았다.

"미란이가 다닌 학교예요."

그녀가 처음부터 무언가를 다시 시작하고 있었다. 그는 소파 쪽을 쳐다보았다. 녀석들은 개구리처럼 다리를 벌리고 코까지 골며 단잠에 빠져 있었다. 그때 그녀가 자신들의 존재를 다시 한 번 환기시켰다.

"아이들이 가야 갈 수 있어요."

그녀의 말에 C가 소파 쪽으로 고개를 돌렸다.

"자는 아이를 깨울 수는 없지요."

아이들이 산만하게 나대던 상황을 알 리 없는 C가 천사라도 발견한 양 미소를 지으며 창가로 갔다. 어느새 빌딩 숲으로 노을빛이 들고 있었다.

"피곤했나 봅니다. 아이들이 잘 자네요."

C가 블라인드를 조금 내렸다.

"미란이는 이 학교에 오고 싶어 했어요. 선생님을 꼭 한번 만나고 싶다고 했어요."

일찍이 사른 모양이라고 C가 말했다.

"미란이 한번 보실래요?"

그녀가 C에게 동생 마누라, 즉 미란이라는 여자 사진을 보여주었다. 이번에는 양 이모티콘을 뒤집어쓴 사진이었다. 그가 처음 보았던 불량기 어린 모습과는 달리 매우 선량해 보였다.

"너무 어려 보이는데, 고등학생인가 봐요?"

그녀의 남동생 마누라임을 알 리 없는 C가 물었다.

"이 학교를 졸업했어요."

"그럼 초등학교만?"

"저에게도 선생님이 계셨어요."

엉뚱한 답이 오갔다.

"그렇군요."

C가 수긍의 뜻을 담아 천천히 고개를 끄덕였다.

"요즘 같은 세상에, 초등학교만 졸업한 젊은 친구가 어디 있겠어. 기억에 남는 선생님이 특별히 한 분 계셨다, 뭐 이런 뜻이겠지."

안 그래요, 라고 그녀에게 물었다. 수긍의 뜻인지 부정의 뜻인지 그녀가 또 썩은 이를 드러내며 웃었다.

"딱 한 분의 선생님이 계셨어요."

그녀가 수줍게 웃으며 딱 한 분 계셨어요, 라고 다시 한 번 반복했다.

"아, 그래요?"

C가 동공까지 키워가며 호응을 했다. 그들은 맥락도 없고 유치하기 그지없는 대화를 이어갔다. 어떻게 저토록 어긋난 인물과 그 간극을 뛰어넘어 대화를 주고받는지 모를 일이었다. 대화는 이상할 정도로 자연스럽게 이어졌다. 그때 밖에서 그릇을 챙기는 소리가 들렸다.

"선생님. 언제든 자장면 먹고 싶으면 연락해요. 오토바이 타고 어디든 달려갈 테니."

쌍희반점 사장이 고개를 삐죽이 내밀고 전에 없는 농담까지 하고 사라졌다.

"당신도 선생님이신가요?"

그녀가 물었다. 이번에는 C가 웃었다.

"선생님은 세상이 어떻게 생겼다고 생각하세요?"

오랫동안 그 말을 물으려고 기다려왔던 사람처럼 그녀는 사뭇 진지했다. 그와 있을 때와는 달리 그녀가 다른 세계를 펼쳐 보이고 있었다. 그는 그녀가 나름대로 질문할 대상을 선정했다는 생각이 들었다.

"당신이 믿는 그대로입니다.

C가 말했다. 그 말에 힘을 얻었는지 그녀의 입에서 기이한 이야기가 쏟아져 나왔다.

"이 세상은 공처럼 둥글고 보이지 않는 막대기에 꽂혀서 돌아간대요. 이 세상은 거북이 등을 타고, 떨어지는 별을 피해 다닌대요. 피란색은 바나, 빨간색은 시암, 초록색은 버마."

「왕과 나」란 영화에 나오는 대사 중 일부인 것 같았다. 그녀는 소중하게 간직했던 보물을 조심스럽게 꺼내놓는 표정이었다.

"이 세계는 밤에 본 세계랍니다."

그녀는 그런 세계가 어딘가에 존재한다고 믿는 모양이었다. 그게 너무 확고하게 보여 그는 그녀의 머리에 꽂은 꽃핀을 다시 쳐다보았다.

"저도 별을 맞아봤어요."

그녀가 시선을 내리고 손을 만지작거리며 수줍게 말했다.

"아름다운 이야기군요."

C가 말했다. 의외로 C는 그녀의 터무니없는 말에 흥미를 느끼는 것 같았다. 그는 C와 그녀가 만화 같은 세상의 이야기를 주고받는 것을 듣고만 있었다.

"이 세상은 공처럼 둥글고 보이지 않는 막대기에 꽂혀서 돌아간대요. 이 세상은 거북이 등을 타고, 떨어지는 별을 피해 다닌대요. 파란색은 바다, 흰색은 시암, 초록색은 노르웨이."

그녀가 썩은 이를 훤히 드러내며 웃었다.

"이 세계는 낮에 본 세계랍니다."

그녀는 한낮이 되면 별이 더 많이 떨어진다고 했다.

"저도 거북이 등을 타고 다니다 돌아오는 길입니다."

C가 그녀의 허무맹랑한 저편의 말을 받아냈다.

낮의 세계라니. 나라와 색깔이 좀 다를 뿐 그녀가 말하는 밤의 세계와 별반 다름없는 세계였다.

그녀가 지저분하기 이를 데 없는 C의 몰골을 훑었다.

"선생님의 몸에도 별이 박혀 있어요."

어긋난 시선이었지만 그녀가 진짜 별이 박혀 있는 양 최선을 다해 C의 몸에 시선을 모았다. 그 안간힘이 기괴하고 일그러지게 보여 그는 자신도 모르게 얼굴을 찡그렸다. C가 유치하고 민망스럽게 가슴에서 별을 빼내는 시늉을 했다. 그녀는 무슨 대단한 연극이라도 관람한 듯 동그랗게 눈을 뜨며 가슴께로 손을 올려 가로로 포개고 이상한 형태로 손뼉을 쳐댔다. 그런 박수 형태를 어디선가 본 적이 있었는데 기억이 나지 않았다. 여전히 시선은 대상에서 1센티쯤 벗어났고 C와 그녀는 서로 눈을 마주치지 않았는데도 마주 보고 웃었다.

중학교 3학년 무렵이었다. 무언가 결정을 내려야겠다는 작심을 하고 흰 발목 양말 여학생에게 편지를 썼다. 길을 걷다가 우연히 만났는데 평소와 달리 눈을 맞추고 웃어주기에 용기를 낸 것이다. 온갖 미사여구를 이어가다 마지막 부분에 너랑 같이 자고 싶다, 라고 썼다. 내용 중에 너에게 느끼는 거울

오직 그 문장 하나였다. 그 뒤에 벌어진 일은 지금 떠올리기도 싫다. 어떠한 여지도 없이 여학생과의 관계는 완벽하게 깨졌다. 오가며 수줍게 눈웃음을 흘려주던 여학생은 그를 변태보듯 피해 다녔다. 여학생들 사이에 소문까지 퍼져 경계해야될 변태 새끼로 분류되었다. 세상의 숱한 아름다운 말들을 두고 왜 그런 욕정을 내보였는지, 그 시절을 두고두고 후회했다.

그는 한순간에 이루어진 C와 그녀의 유치한 교감을 보며 문득 그때 무참히 좌절된, 오로지 진실된 한 문장이 엉뚱한 곳에서 실현되는 느낌이 들었다.

"시인이 뭐예요?"

그녀가 물었다.

"농담도, 진짜 시인을 몰라요?"

그가 중간에 가로채 물었다. 농담처럼 던졌지만 그녀가 모르고 있다는 확신이 섰다. 그는 C를 흘깃 쳐다보았다. C는 여전히 그녀에게 몰입한 눈치였다. 그녀가 썩은 이를 드러내며 웃었다.

"시인은, 음……"

그녀의 질문에 C가 골똘히 생각하는 눈치였다.

"당신이 말한 세계를 보고 싶어 안달이 난 사람들이지요."

C의 대답은 그녀의 입에서 올케나 아내라는 말이 아닌 마누라라는 말이 튀어나왔을 때보다 더 실망스러웠다.

"선생님도 그런가요?"

그녀가 다시 물었다.

"……"

C의 침묵은 오래갔다. 패기 넘치고 당돌했던 C가 고작 그런 질문에 대답을 하지 못하다니. 그때 어색한 고요를 뚫고 칭얼거리는 소리가 들려왔다.

"엄마 말하지 마. 엄마 말하지 마. 말하지 말란 말이야."

녀석이 잠꼬대처럼 투정을 부렸다. 그 소리에 그녀의 조카가 저절로 깨어났고 소파에서 두 아이가 자동인형처럼 앉아 동시에 울음을 터뜨렸다.

아이가 가야 갈 수 있다는 그녀의 말이 드디어 실행되었다. 그녀의 조카가 집에 가자고 졸랐던 것이다. 그러다 그녀에게 휴대폰을 달라고 하더니 어디론가 전화를 걸었다.

"엄마 집에 갈래, 집에 갈 거란 말이야!"

해도 저물었는데 그녀와 아이들이 왜 미란이라는 여자에게 집으로 가는 것을 허락을 받아야 하는지 모를 일이었다. 여자아이가 집에 가겠다고 자꾸 떼를 쓰자 미란이라는 여자가 마지못해 허락을 한 모양이었다. 그녀가 아이들 등에 유치원 가방을 각자 메주고 칭얼거리는 조카를 업었다. 녀석이 그녀의 가방을 챙겼다. 그는 매트 앞에 가지런히 놓아둔 여자아이의 신발을 주워 들었다.

복도는 제법 어두워져 있었다.

그녀가 물감이 묻은 속치마 앞에서 다시 멈추어 섰다.

"「왕과 나」를 봤어요."

복도에 나와 있는 사람은 C와 그뿐이었는데도 여전히 누구에게 하는 말인지 알 수 없었다.

　이 드레스가 맞아요."

"아!"

C가 고개를 반복해서 끄덕였다. 그는 무언가 끝이 났다는 생각에 그녀가 지금껏 해온 말들을 오롯이 공감한 듯 그러게요, 라고 했다.

그녀는 한 손으로 조카아이의 엉덩이를 받치고 한 손으로 속치마를 만지작거렸다. 힘의 축이 기울어지자 졸던 조카가 그녀의 목에 두 손을 감아 매달렸다. 그러다 속치마를 보고는 다시 울어대기 시작했다.

"미란이라는 분과 같이 놀러 한번 오세요."

C가 무언가 아쉬운 듯 그녀의 등을 보고 말했다. 그녀가 썩은 이를 드러내고 웃었는지 모를 일이었다. 창밖으로 해가 지고 있었고 어둠이 고스란히 복도로 스며들고 있었다. 녀석이 그녀의 치맛자락을 잡았다. 그녀는 조카를 업은 채 복도 반대편 끝까지 걸어가 복지관동으로 사라졌다.

그는 입구에 놓아둔 C의 배낭을 그대로 두고 나갈 채비를 했다. C가 있는 동안 찜질방이라도 가 있을 생각이었다. 뒤늦게 들어온 C가 씻어야겠다며 공동 샤워실로 들어갔다. 전에 없이 피곤해진 그는 블라인드를 올리고 소파에 잠시 몸을 기대앉았다. 어쩌다 보니 석양이 지는 풍경을 놓쳤다.

C는 이내 덥수룩한 상태 그대로 작업실로 들어왔다. 샤워실에 면도기가 있는데도 겨우 물만 뒤집어쓴 것 같았다. 그는 소파에 그대로 진득하게 앉아 있었다. 이대로 찜질방으로 가기에는 뭔가 미진했다. 신경 쓸 인물이 다녀간 것도 아닌데 막연하게 불안감이 남았다. 그녀는 그렇게 갔고 밥을 먹자고 전화할 일도 없을 테고, 미란이라는 남동생 마누라를 데리고 느닷없이 이곳에 놀러 오지도 않을 거였다.

'혹시 그녀가 C를 만나러 온다면.'

여기 없다고 말하면 그만이었다. 생각해보면 딱히 거슬릴 일은 없었다. 그래도 그는 무언가 머릿속이 개운하지 않았다.

C가 방 한가운데 버젓이 서서 수건으로 젖은 머리를 거칠게 털어내는 것을 보고 있던 그는 물기가 얼굴에까지 튀자 방만하게 펼쳐놓은 세계를 한 방에 관조한 듯, 작정하고 C를 향해 한마디 내뱉었다.

"천사가 다녀간 거 같지 않아?"

그는 열린 미닫이문 밖을 지그시 바라보았다. 그녀의 방문에 대해 정리가 될 만한, 더할 나위 없이 근사한 마무리 문장이었다. C가 머리를 털어내다가 잠시 그를 쳐다보았다.

"그렇게 생각해?"

C가 물었다. 무심히 하는 말인지 저의를 가진 말인지 가늠

이 되지 않았다.

"그런 생각이 드네."

그는 여운이 남은 듯 창 쪽으로 고개를 돌렸다. 바다 건너 도시의 야경이 한눈에 들어왔다. 그는 피곤이 가신 표정으로 소파에서 일어났다.

"자네는 그런 생각이 안 드는 모양이지."

그는 다소 유치하게도 C의 속내를 확인하고 싶은 마음이 일었다. C가 젖은 수건을 목에 두르고 그녀와 마주 앉았던 자리에 앉았다. 그가 펼쳐놓은 원고를 할 일 없이 추리더니 그녀가 앉았던 자리에 시선을 둔 채 낮은 한숨을 내쉬었다. 그러고는 혼잣말처럼 낮게 중얼거렸다.

"그냥, 그런 사람이 다녀갔을 뿐이지."

한 세상을 만난 듯, 가슴의 별까지 뽑아가면서 그녀와 기이하게 교감을 하던 것치고는 보잘것없는 평가였다. C는 불쑥한번씩 돌아와 그런 평범한 말을 내뱉곤 했다. 그렇게 낮은 곳으로 떠돌아다니다 결국 복귀하지 않은 이들을 종종 보았다. 그들은 우물에 던진 돌멩이처럼 잘 가라앉았다. 그는 문득 그녀가 가슴께에서 가로로 손을 겹쳐 쳐대던 박수 형태를 떠올렸다. 잊고 있었지만 그건 침팬지 박수였다.

방 안은 방문객이 다녀간 흔적이 거의 남지 않았다. 물건이 별반 흐트러지지 않은 이유는 산만하게 돌아다니긴 했어도 그나마 남자아이가 사진만 찍어대서였다. 그는 창틀에 널린 여자아이의 젖은 양말을 걷어 책장 한쪽에 던져놓고는 찜질방에 가려고 지갑을 챙겨 바지 주머니에 찔러 넣었다. 약속이 있어 나가봐야겠다고 말을 하려는 순간 C가 먼저 배낭을 메거 들었다. 잡을 틈도 주지 않고 C는 작업실을 나가버렸다. 이렇게 빨리 떠나기는 처음이었다. 비낼 뵤도로 걸어가는 C의 뒷모습을 보며 그는 처음으로 누군가를 잡고 싶다는 생각이 들었다. 그는 문 앞에서 C를 배웅하고 내도록 열어놓았던 미닫이문을 닫았다.

미에 가깝고 솔에 다가가는 파

뱃고동 소리가 고즈넉하게 들려왔다. 어렴풋이 들려오는 그 소리를 들으며 나는 소리 대본의 마지막 부분을 이어가던 중이었다. 노크도 없이 미닫이문이 열리며 한 여자가 작업실 안으로 들어왔다. 어깨뼈가 훤히 드러나는 초록색 민소매를 입고 있었다. 무엇보다 눈에 띈 것은 빨간색 플레어 치마였다. 그 아래 발목까지 오는 부츠를 신고 있었다. 비실 웃고 있는 여자의 왼쪽 윗니는 반쯤 썩었고 사시가 심한 탓에 시선이 사방으로 흩어졌다. 그녀가 작업실 안으로 들어서자 오래된 나프탈렌 냄새가 풍겼다. 어깨에 멘 노란 가방에서 나는 것 같았다. 소문으로 듣던 여자인가 싶었다. 얼마 전부터 그림자처럼 창작촌에 들어와 종일 머문다고 했다. 찾으면 없고, 잊을 만하면 유령처럼 나타나 작가들의 신경을 건드린다는 것이다. 마주친 적은 없지만 그녀 같았다. 나는 들고 있던 소리 대본을 책상에 내려놓았다.

"이 학교는 미란이가 다녔던 학교예요."

그녀가 대뜸 말을 걸었다. 높낮이가 분명하지 않은, 어느 사람과 다른 말투였다. 나는 경계의 눈초리로 그녀를 쳐다보았다.

"미란이는 내 동생 마누라예요."

그런데 집을 나가 이젠 못 온다며 울먹이듯 중얼거렸다. 설사 온다고 한들, 이젠 창작촌으로 바뀌어 예전 모습은 발견하기 어려울 거였다. 나는 P의 주선으로 뒤늦게 이곳에 입주했다. 노래를 하다가 지금은 무용이나 연극, 혹은 퍼포먼스 같은 공연에 구음으로 사운드를 넣는 작업을 한다.

"미란이는 하지원을 닮았어요."

"하지원이요?"

내가 묻자 횡설수설 티브이 드라마를 들먹였다. 여배우 하지원을 말하는 것 같았다. 그녀가 빙그레 웃더니 둘이 똑같다고 했다. 나를 쳐다보는 것 같았지만 시선은 분산되어 있었다. 그녀의 말을 몇 마디 더 듣다 보니 미란이라는 여자와 배우 하지원이 섞여 하지원은 자연스럽게 미란이가 되어버렸다. 나는 그 엄청난 거리를 단숨에 건너뛰어 하나로 일치시킨 그녀의 천연덕스러움에 입을 나물었다.

"해원이 양말 한쪽이 없어요. 해원이는 미란이 딸이에요."

그녀가 가방에서 곱게 접은 양말 한쪽을 꺼내 증명사진처럼 내밀었다. 핑크 무늬가 들어간, 흔하디흔한 여자아이 양말이었다.

"양말 한쪽 못 보셨나요."

조카아이의 양말을 왜 여기서 찾는지 모를 일이었다.

"해원이는 그 양말을 좋아했어요."

그녀가 배꼽 위에 가지런히 포갠 손을 풀며 어깨를 늘어뜨렸다.

"들어가도 될까요?"

나는 선뜻 들어오라는 소리를 하지 못했다. 공연이 얼마 남지 않아 허투루 시간을 낭비하고 싶지 않았다.

"제가 지금 할 일이 있어서요."

그 말을 알아듣지 못했는지, 그녀가 부츠를 벗고 안으로 들어와버렸다. 부츠는 낡아서 앞코가 해졌고 유치원생이나 멜 만한 노란 에나멜 가방은 표면이 유난히 반질거렸다.

"저기 창틀에 널어놓았어요."

그녀가 소파 쪽을 가리켰다. 그러고는 양말을 내놓지 않으면 나가지 않을 기세로 버텨 섰다. 일생을 바쳐 양말을 찾아다닌 사람처럼 얼굴에 비장함까지 묻어났다. 잘못 찾아온 모양이라고 한마디 하고는 나가달라고 하려던 참이었다.

"여기가 맞아요."

작업실 안을 훑더니 그녀가 웃음을 보였다. 썩은 앞니가 훤히 드러났다. 오래토록 그리워하던 곳을 찾아온 사람처럼 그녀의 표정이 다소 들떠 있었다. 그녀가 저벅저벅 소파 쪽으로 걸어갔다. 창밖으로 해가 저물어가고 있었다.

"그때도 그랬어요. 해가 지고 있었어요."

멀리 바다가 보였다. 그녀가 내뱉는 말과 해가 지는 풍경을 보는 그녀의 모습이 묘하게 일치되는 지점이 있었다.

"여기서 해원이가 자고 있었고요."

잃었던 기억을 더듬듯 그녀가 소파 위를 더듬었다.

"훌륭한 시인 선생님 방에서요."

그녀가 수줍은 듯 고개를 떨궈 두 손을 만지작거렸다.

내 앞에 있었던 사람은 시인이라고 들었다. 시집을 내고 방을 비웠다는데 들어와 보니 그가 냈다는 시집만 한 권 남아 있었다.

"아이가 가야 갈 수 있다고 말씀드렸어요. 선생님한테요."

"……"

"그 선생님은 거북이 등을 타고 다녀요."

거북이 등을 타고 다니는 선생님이라니.

"이 세상은 공처럼 둥글고 보이지 않는 막대기에 꽂혀서 돌아간대요. 선생님은 거북이 등을 타고 떨어지는 별을 피해 다녀요."

불경한 말을 들은 것처럼 나도 모르게 주변을 살폈다. 그녀가 오기 전까지 뱃고동 소리를 들으며 겨우 잡았던 리듬이 빠른 속도로 달아나버렸다. 나는 슬슬 짜증이 밀려왔다. 그러든 말든 그녀가 이야기를 이어나갔다.

"저에게는 선생님이 계셨어요. 딱 한 분의 선생님이요."

"그 시인 선생님요?"

맞다고 하면 그는 이제 오지 않는다고 말할 생각이었다.

"아니에요. 거북이 등을 타고 다니는 선생님요."

무언가 또 어긋나버렸다.

"부우우우우우."

그때 배경음악처럼 뱃고동 소리가 나지막하게 울렸다.

"선생님이 내는 소리예요."

"저 뱃고동 소리가요?"

그녀의 말은 갈수록 오리무중이었다. 그녀가 눈을 아득하게 뜨고 소리를 찾듯 창밖으로 시선을 모았다. 사시가 심한 탓에 시선을 모으면 모을수록 얼굴이 기이하게 변해갔다. 그녀가 메고 있던 노란색 가방을 내려놓고, 허락도 없이 소파에 앉았다. 나는 책꽂이에서 시집을 꺼내 왔다. 그녀가 찾는 선생님이 아니라면 이제 그만 나가달라고 할 참이었다.

"이 사람이 맞아요?"

그녀에게 시인의 프로필 사진을 내밀며 물었다. 사진 밑으로 약력이 화려하게 적혀 있었다. 그녀가 사진을 보더니 고개를 가로저었다. 거북이 등을 타고 다니며 뱃고동 소리를 내는 딱 한 분의 선생님에 대한 단서는 적어도 이 방에는 없는 셈이었다. 나는 시집을 소리 나게 책상에 내려놓았다.

"그럼 어쩔 수 없네요."

그게 매정하게 들렸는지 그녀의 입에서 외마디 신음이 흘러나왔다. 처음 듣는 음에 가까웠다. 낮은 말울음 소리라고 해야 되나. 과할지 모르겠지만 생의 무언가를 찾아 헤매는, 어떤 절박함이 묻어났다. 내심 품었던 전의 같은 게 슬쩍 주저앉았다. 이건 아닌데 하면서도 거북이 선생에 대한 단서를 찾듯 다시 시집을 펼쳤다.

해가 지는 바다 건너 어디쯤에 사는 사람들은 일찍 늙어갈지도 모른다고 시인은 적어놓았다. 동화처럼 붉은 노을 물이 든 사람들이 잠도 자지 않고 모여 앉아 이야기를 나눌지도 모른다고. 붉은 물 때문에 붉은빛에 유난히 길들여지는 사람들이 사는 그곳은 낙동강 어디쯤이라고 했다. 그러한 사람들이 사는 마을에서는 세상의 숱한 이야기가 자라 숲을 이룰지도 모른다고 시인은 말하고 있었다.

시를 읽으며 나는 P를 떠올렸다. P가 바라는 이번 공연 무대의 풍경이 이런 느낌이 아닐까 하는 생각이 들었다. P는 공연기획자이면서 드라마투르기 역할도 겸했다. 그가 보낸 공연 대본의 주제는 '도시인의 서정'이었다. '미에 가깝고 솔에 다가가는 파'라는 문장 밑에 붉은 줄을 쳐서 보냈다. 기준이 되는 음은 파였다. 나는 파 음대에 맞추어 소리 대본을 만드는 중이었다. 소리 대본이라고는 해도 악보도 아니고 문장도 아닌, 내 식대로 직선과 곡선을 두서없이 교차시켜놓았을 뿐이었다.

나는 시집을 덮었다. 거북이 등을 타고 다닌다는, 딱 한 분의 신생님에 대한 단서를 찾을 수 없으니 그녀에게 나가달라고 해도 무방할 터였다. 나는 작정하고 뒤를 돌아보았다. 해는 바다 건너 도시 언저리로 기울고 있었고 시인의 표현대로 경치는 아름다웠다. 그 아래 어둑해지는 저녁 풍경을 등지고 그녀가 몸을 웅크린 채 잠들어 있었다. 오래도록 잠을 자지 않고 돌아다닌 사람처럼 자는 표정도 지쳐 보였다. 노란색 가방은 반쯤 열려 있었고 그 사이로 먹다 남은 빵을 담은 봉지가 귀퉁이를 내밀고 있었다. 나는 슬그머니 등을 돌렸다.

내 목소리가 가라앉은 것은 시도 아니고 도도 아닌 라에서였다. 그쯤에서 미세하게 갈라졌는데 예전만큼 회복이 되지 않았다. 사람들은 눈치를 채지 못했지만 나는 알았다. 몇 년 전 병원을 찾았을 때였다.

"시에 대한 트라우마가 있나 보죠."

의사는 라의 문제가 아니라 시의 문제일 수도 있다고 했다. 목에 이상이 오면 찾아가던 담당 의사였다. 내시경으로 성대를 들여다보더니 심리적인 이유가 크다고 했다.

"김수희 노래 있지요? 「멍에」. 그대 앞에만 서면, 나는 왜 작아지는가……"

노래를 흥얼거리던 의사는 도나 시 앞에서 위축되어서 그럴 수 있다고 했다. 그걸 극복하지 않으면 증세가 반복될 수 있다는 말을 덧붙였다.

　"라에서 서성거리지 마시고, 도까지 치고 나가셔야지. 남들은 하늘까지 치고 올라가는 판국에."

　여태껏 피가 나도록 치열하게 다른 가수의 노래를 연습해왔다. 남의 노래라도 부르는 게 좋았다. 그날 나는 진료실을 나오면서 김수희의 그 노래는 「멍에」가 아니고 「애모」라고 바로잡아주었다. 무대에서 수도 없이 부른 노래를 모를 리 없었다.

　내가 그녀를 깨우지 않은 것은 애초 없었던 것처럼 그녀의 존재가 느껴지지 않아서였다. 나는 분위기를 잡아 그녀가 흐트러트린 서정적인 음역대를 찾아 나지막하게 소리를 뽑아냈다. 그녀가 오기 전 잡았던 리듬은 이미 달아나버렸고 파를 기준으로 미 쪽으로 가라앉은 음이 섞여 나왔다. 다시 해도 마찬가지였다. 이미 무언가가 끼어들어 있었다. 나는 음정을 다시 잡아가며 소리 대본을 반복해서 그렸다. 그때 어린아이 잠투정 같은 소리가 등 뒤에서 들려왔다.

　"미란이는 잡채를 잘해요."

　뜬금없이 잡채라니. 뒤를 돌아보니 그녀가 길게 하품까지 해가며 소파에 앉아 있었다.

　"후르륵 호로록."

"······?"

"선생님 소리는 잡채예요."

혼잣말인가 했는데 나에게 하는 말이었다. 기척도 없이 언제부터 듣고 있었는지, 높낮이 없는 말투로 후르륵 호로록이라고 후렴구까지 붙였다. 내 소리가 잡채라니. 거북이나 나팔소리처럼 두서없는 말이겠거니 생각하면서도 은근히 신경이 쓰였다. 그녀의 감상평에 뭐라도 한마디 하려는데 그녀가 밖을 내다보다가 성급히 가방을 챙겨 일어났다.

"밤이에요."

내가 대처하기도 전에 인사도 없이, 문도 닫지 않고, 서둘러 작업실을 나가버렸다.

다시 오감을 끌어모아 끊겼던 소리를 잡으려 해도 허사였다. 소리 대본을 난감하게 쳐다보고 있는데 P에게서 전화가 왔다. 술이라도 한잔하려는데 퍼포먼스 공연 팀이 거절하더라고 했다. 한창 연습 중인데 리듬이 끊긴다는 게 이유라는 것이다. 공연을 앞두고 연습을 독촉하는 P 특유의 우회적인 말이었다.

의사 말대로 라에서 서성거리게 된 뒤 P의 소개로 무대에 서게 되었다. 갤러리 한 귀퉁이에서 인간이라는 존재감을 드러내지 않고 소리를 내는 거였다. 갤러리에 전시된 작품은 모두 명왕성을 그린 그림이었다. 입구에는 '태양계에서 영원히 퇴출된 명왕성을 기리며'라는 제목 아래 명왕성의 퇴출 사연을 적어놓았다.

'너무 작고 왜소해서 주변의 천체를 위성으로 만들거나 밀어내는 능력이 없다는 이유로 인간이 자의적으로 영구 제명시킴. 그래도 명왕성은 그 자리에 존재하고 있다.'

화가는 나에게 우수석 영감을 주는 소리를 내달라는 버거운 요구를 했다. 지금껏 노래를 불러왔지만 그런 요구는 처음이었다. 명왕성의 퇴출 사연 때문이었는지 나도 모르게 내 안에서 나오는 소리에 나를 맡겼다. 조명도 비추지 않는 어두운 무대 귀퉁이에 앉아 내는 소리였지만 명왕성은 그 소리를 들을 것만 같았다. 화가는, 기존 음악도 아니고 음향도 아닌, 정형화되지 않은 소리를 들려주었다며 눈을 반짝였다. 그보다 더 눈을 반짝인 것은 P였다. P는 이후 나를 음악 이전의 소리, 세상에서 하나밖에 없는 소리를 찾는 예술가라고 거창하게 소개를 하고 다녔다.

그녀가 다녀가고 며칠 뒤였다. 새벽 무렵에 이상한 소리가 들려 잠에서 깼다. 비명도 아니고 짐승의 소리도 아닌, 그렇다고 뱃고동 소리는 더더욱 아니었다. 소파에서 일어나 복도에 나가보니 다른 작업실 작가가 몇 명 나와 있었다. 경비 아저씨가 플래시를 들고 뛰어 올라왔다. 복도는 물론 화장실과 계단까지 샅샅이 살피고 올라오는 중이라고 했다. 딱히 사람의 소리라고 할 수 없었지만 경비 아저씨는 그녀가 내지른 소리라고 단정하고 있었다.

"재단 선생님들이 알면 나만 난처해지는데."

그러면서 그녀를 쫓아낼 사람이 자신밖에 더 있겠느냐고 했다.

"얼마 전 선생님 방 쪽으로 가는 걸 본 사람이 있다던데, 혹시 못 보셨나?"

형사처럼 복지관동 쪽으로 손전등을 쏘아대던 경비 아저씨가 물었다. 숨길 일도 아니었는데 나도 모르게 아니라고 발뺌을 하고 말았다.

"선생님도 참, 아니면 아닌 거지 뭘 그렇게까지 정색을 하시나."

손전등을 거둬들이며 경비 아저씨가 미심쩍게 입술을 올렸다. 그가 복도 불을 끄고 1층으로 내려가자 작가들도 서둘러 작업실로 들어갔다. 나는 잠시 서서 그들이 사라진 복도를 바라보았다. 창작촌 복도 끝은 기역자로 꺾여 복지관동과 연결되어 있었다. 어둠 속에서 얼핏 무언가 복지관 쪽으로 움직이는 것처럼 보였다. 작가들이 내놓은 소품이나 현수막이 바람에 흔들리는 것일 수도 있었지만 나는 쉽게 눈을 떼지 못했다.

한바탕 소동이 일어난 뒤라 잠이 오지 않았다. 소파에 누워 미닫이문 쪽을 바라보며 복도에서 들려오는 소리에 귀를 기울였다. 새벽녘이면 부두 쪽에서 긴 경적 소리와 함께 컨테이너 차량이 지나가는 소리가 유난히 많이 들렸다. 지축이 흔들리듯 바닥이 들썩이면 그 요동이 등을 타고 온몸으로 전해졌다.

"부우우우우우."

뱃고동 소리와 경적 소리가 묘하게 함께 섞였다. 나는 '부우우우우우' 하며 어린아이가 입 나팔을 부는 것 같은 뱃고동 소리를 이내 찾아낸다. 그러면 마음이 고요하게 가라앉기도 하고 노을을 보는 것처럼 고즈넉해지기도 한다. 고음에서 미끄러지는 중음이 주는 아늑함이라고 할까. 나는 자리에서 일어나 소리 대본을 펼쳤다. 뱃고동 소리가 내 안으로 들어와 다시 빠져나가기 전에 서둘러 그 음을 잡아챘다. 줄줄줄 흐르면서도 실타래같이 뭉친 소리의 형태를 마지막으로 그려 넣었다.

그녀가 찾아 헤매던 양말 한쪽을 발견한 것은 공연을 앞두고서였다. 책꽂이를 정리하다 책장 뒤에서 핑크색 양말을 찾아냈다. 한밤의 소동 이후로 그녀는 건물을 빠져나간 것 같았다. 더는 그녀를 목격한 사람이 나타나지 않았다. 새벽녘에 이상한 소리도 들려오지 않았다. 경비 아저씨는 그게 모두 순찰을 강화한 덕분이라고 말했다. 나는 낯선 존재가 건물에 들어와 있다는, 이질감 같은 어떤 게 있어 자꾸만 미닫이문 쪽으로 시선이 갔다. 그게 거북이 선생 운운한 탓인지, 뱃고동 탓인지, 그도 아니면 잡채 운운하며 품평을 했던 그녀 탓인지 모를 일이었다.

다음 날 복도에서 옆방 선생님을 만났다. 그녀에 대한 이야기는 내비치지 않은 채 내 앞에 입주했던 시인에 대해 물어보았다.

"원래 그 방에 시집을 낸 선생님 말고 다른 시인 선생님이 계셨어요."

먼저 입주한 선생님이 장기간 방을 비워 친구가 협력 작가로 들어와 있었다고 했다. 시집을 낸 뒤 친구가 창작실을 떠났고 원래 있던 시인이 들어오지 않아 두 달여 비어 있었다고 했다. 먼저 입주했다던 시인에 대해서 물어보니 워낙 밖으로만 돌아 아는 바가 없다고 했다. 그때 그녀를 본 적이 있다고 했다. 이래저래 내 방이 그녀와 연관이 있다고 생각해서인지 묻지도 않았는데 그녀 이야기를 꺼냈다. 이 동네에서 나고 자란 여자인데 어머니가 일찍 세상을 떠나 혼자 남동생을 키웠다고 했다.

"공연 때 입은, 한복 속치마를 복도에 내놓았는데 드레스라고 하는 거예요. 「왕과 나」라는 영화에서 봤다나요. 처음에는 그런가 보다 했지요."

방 앞에서 자꾸 이상한 소리를 하는 바람에 속치마를 치웠다고 했다. 그 뒤로 그녀를 보지 못했다는 것이다. 그 여자가 그러는 이유를 물어보았냐고 물었다.

"어떻게 말을 걸어요?"

옆방 선생님이 화들짝 놀라며 되물었다.

공연을 이틀 앞두고 내가 어쩔 수 없이 요리대회에 나가게 된 것은 다른 작가들이 바빠서였다. 재단에서는 일 년 중 10월에 한 번, 지역 주민을 위해 축제를 열었다. 시각 전시나 공연 쪽에 대부분의 작가가 참여해 요리대회에 나갈 사람이 나밖에 없었다. 축제 주제는 캠핑이었다. 거기에 맞는 요리를 해달라는 재단 직원에게 라면밖에 끓일 줄 모른다고 한 말은 빈말이 아니었다. 그 많은 요리 중에 잡채를 선택한 것은, 그녀의 품평과 무관하게, 여럿이 어울려 먹을 수 있는 요리가 딱히 떠오르지 않았기 때문이었다. 캠핑이라는 주제보다 잔치라는 생각이 무의식중에 들었던 것이다. 캠핑에 잡채라. 내가 정한 메뉴를 본 직원이 고개를 갸우뚱거린 것도 무리는 아니었다. 대회를 앞두고 내가 한 일은 인터넷을 들여다보고 악보를 외우듯 잡채 만드는 법을 외우는 거였다.

창작동 입구에 축제를 위한 대형 텐트가 쳐졌다. 입구는 검은 실 커튼으로 가려 미지의 세계로 진입하는 느낌이 들게 했다. 텐트를 통과하면 1층부터 4층 창작실 복도까지 일러스트나 회화 작품이 전시되었고 1층 공연장에서는 뮤지컬과 연극, 무용 등이 시간별로 공연되었다. 운동장에는 프리마켓과 푸드 트럭이 일찍부터 자리를 잡았다. 요리대회에는 지역 주민이 다섯 팀, 재단 측에서 한 팀, 입주 작가 대표로 나선 나를 포함해 모두 일곱 팀이 참가했다. 내 사리는 내 잇빈께었기.

해가 낙동강 쪽으로 기울 즈음 요리대회가 시작되었다. 파인애플 볶음밥을 시작으로 스파게티, 마시멜론 구이와 꼬치, 인도식 카레와 잡채, 마지막으로 숯불에 구운 스테이크였다. 테이블마다 기본양념이 주어졌고 요리 시간은 50분이었다. 나는 인터넷에서 배운 대로 목이버섯과 돼지고기를 미리 양념에 재워두었다. 붉은 피망과 녹색 피망, 양파와 당근은 채를 썰어 볶고 끓는 물에 당면을 넣고 레시피대로 소금과 참기름을 넣었다. 끓일 때 참기름을 넣어야 식감이 좋게 퍼지고 고소한 냄새가 속까지 밴다고 했다. 당면 삶는 시간은 7분. 그게 중요하다고 했지만 그게 가장 어려워 보였다. 퍼지지도 않고 너무 꼬들꼬들하지도 않게, 알맞고 적당하게 삶으라고 했는데 아무리 들여다보아도 그 비결을 알 수 없었다.

준비한 재료들은 심심한 게 별로 맛이 없었다. 당면도 마찬가지였다. 나는 모든 재료를 넓은 그릇에 붓고 레시피대로 양념간장으로 버무렸다. 간을 보아도 어느 정도가 적당한지 도무지 알 길이 없었다. 간장과 설탕을 좀 더 추가하고, 고소한 맛이 부족한가 싶어 참기름을 듬뿍 넣었다. 레시피에 적힌 참기름 양을 훨씬 넘긴 분량이었다. 마지막으로 후추와 깨를 뿌려 마무리를 했다. 60인분 잡채는 대야 한가득이었다. 주변 참가팀들이 놀란 것은 엄청난 양 때문이었다. 잔치라 생각하니 나도 모르게 손이 커진 탓이다. 잡채를 다 만들고 나자 가을인데도 이마에 땀이 솟아났다. 차라리 혼자 라이브 공연이라도 할 걸 하는 후회가 뒤늦게 일었다.

사회자가 종료를 알리는 종을 쳤다. 나는 접시에 잡채를 가득 담아 시식단 앞에 내놓았다. 페스티벌에 온 주민들이 길게 줄지어 서 있었다. 얼추 서른 명이 넘는 것 같았다. 그 가운데 그녀가 끼어 있었다. 냉찡고 바지에 반부츠를 신고 덩치 큰 초등학생들이나 입을 법한 핑크색 조끼를 걸치고 있었다. 여전히 노란색 가방을 메고 있었는데 한눈에 보아도 그녀의 차림이 도드라져 보였다. 이유 없이 얼굴이 붉어진 나는 그녀가 잡채 앞으로 다가올 때까지 고개를 숙이고 하릴없이 잡채만 자꾸 뒤적였다. 내 앞으로 다가온 그녀가 접시를 내밀었다.

"해원이는 미란이가 만든 잡채를 잘 먹었어요."

그녀가 대뜸 말했다. 나는 잡채를 덜어 그녀의 접시에 올렸다.

"많이 먹어요."

억지로 나온 말은 아니었다. 내 소리에 대한 감상평이 있던 날, 열린 가방 사이로 삐져나온 빵 봉지가 생각났던 것이다.

"맛있어요."

그녀가 입안 가득 잡채를 욱여넣고 말했다. 무언가 뒷말을 하려는 것 같았는데 뒷사람 때문에 이내 스테이크 코너로 밀려가버렸다. 경비 아저씨만 내도록 얼굴을 찡그리며 이쪽을 주시하고 있었다.

잡채는 태반이 남았다. 그래도 잡채라 하니 발길을 돌리던 사람들도 되돌아와서 접시를 내밀었다. 나는 요리경연대회에서 꼴찌를 했다. 늦은 저녁 삼아 남은 잡채를 홀로 먹고 있는데 P에게서 전화가 왔다. 그는 최종 리허설 날짜를 공지하고는 도대체 이 시간에 무얼 먹느냐고 물었다. 요리대회 참가한 일을 말하니 공연을 앞두고 쓸데없는 곳에 에너지를 쏟는다며 잔소리를 했다. 공연을 같이하다 보니 그의 참견도 늘었다.

내가 P의 공연을 끝내고 작업실로 돌아왔을 때는 자정이 넘어 있었다. 복도에 경비 아저씨와 작가들이 나와 있었다.

"재단 선생님들도 나한테 닦달이에요. 작가님들도 마찬가지고. 지역 주민을 대놓고 쫓아내기는 그렇다고, 나만 잡고 늘어지니."

그녀가 다시 나타났다고 했다. 누군가 본 모양이었다. 이제 그녀가 배회를 하든 안 하든, 건물 안으로 들어왔다는 사실만으로도 문제가 되어 있었다.

"요즘 안 보이던데요."

나는 애써 한마디를 했다. 그때 옆방 선생님이 내 방 앞에서 그녀를 보았다고 증언을 하고 말았다.

"다른 작가님들 밤새 작업하시는데, 방해되지 않게끔 협조해주셔야지."

경비 아저씨가 은근히 말을 놓으며 그녀가 다시 나타난 것이 내 탓인 양 했다.

"아무튼 그 여자 보면 경비실로 즉시 신고해요."

그녀에 대한 주의보는 '알려달라'는 메시지에서 '신고하라'는 메시지로 한 단계 강화되었다. 경비 아저씨가 손전등을 휘저으며 사라지자 작가들도 이내 작업실로 들어갔다.

이번 공연은 흥하지도 망하지도 않았다. 삼동 후불제비고는 했지만 대부분 지인이 낸 후원금이었다. 소리 예술을 드러나게 홍보했던 P는 좀 실망하는 눈치였다. 도시의 서정성을 너무 안일하게 표현했다는 평가였다. 미와 솔 사이에서 파의 역할은 신선하면서 자극적인 감동을 주는 거였다. 시인이 남기고 간 시집처럼 무대 자체만으로도 충분히 아름답고 서정적이었다. 그에 맞게 리허설을 했음에도 불구하고 내 소리는 P에게 별다른 감흥을 주지 못했다. 아름다운 소리, 처연한 소리는 고사하고 무엇보다 선을 넘어선 불쾌감이 문제였다고 했다. 도대체 P가 어느 부분에서 불쾌감을 느꼈는지 아무리 생각해도 짚이지 않았다.

다음 날 저녁 무렵이었다. 아쉬운 마음에 소리 대본을 다시 뒤적이고 있을 때였다. 그녀가 여전히 노크도 없이 미닫이문을 밀고 들어왔다. 이번에는 빨간색 원피스에 부츠를 신고 있었다. 삼엄한 경비를 뚫고 어떻게 다시 들어왔는지 모를 일이었다. 나는 소리 대본을 책상 한쪽에 내려놓았다.

"들어가도 될까요?"

내가 허락도 하기 전에 그녀가 성큼 안으로 들이어버렸다

"선생님 잡채랑 미란이가 만든 잡채가 똑같아요."

그 말을 전하러 여기에 다시 온 사람처럼 그녀는 단숨에 말을 쏟아냈다.

"모든 것은 엄마에게서 배우잖아요. 요리도요."

미란이의 친정엄마는 잡채에 참기름을 넣지 않는다고 했다. 그런데 미란이가 누구한테 배워서 참기름을 쓰는지 궁금했던 것 같았다. 그날 만든 잡채는 그리 맛있는 게 아니었다. 시금치는 물렀고 볶은 고기도 좀 짰다. 참기름이 너무 많이 들어간 잡채는 고소함을 넘어 다소 역겨운 맛이 돌았다.

"미란이가 다닌 학교에는 요리 선생님이 있잖아요."

나는 초등학교에 있는 요리 실습 시간을 떠올렸다.

"생각해봤어요. 미란이가 그때 배운 것 같아요. 선생님한테요."

스스로 답을 찾아나가던 그녀가 드디어 그녀의 올케가 참기름 쓰는 법을 선생님한테 배웠다는 결론에 도달한 것 같았다.

"참 고마운 일이에요. 여기서 선생님을 만나다니요."

몇 마디 더 듣다 보니, 미란이라는 여자의 단 한 분뿐인 선생님은 내가 되어가고 있었다.

"후르륵 호르륵. 선생님의 소리는 잡채예요."

그녀가 분산된 시선을 모으며 경이로운 눈으로 나를 쳐다보았다. 환희에 찬 그녀의 어긋난 눈을 보니 아니라고 발뺌할 수도 없었다. 선생님을 찾았다고 생각해서인지 '미에 가깝고 솔에 다가가는 파'의 감상평을 다시 한 번 읊조렸다.

"물 좀 마실 수 있을까요?"

내가 물 한 잔을 가져다주자 그녀가 단숨에 들이켰다.

"선생님은 아직 안 오셨나요?"

그녀가 물었다.

"거북이 등을 타고 다니는 선생님 말인가요?"

내가 묻자 그녀가 고개를 끄덕였다.

"부우우우우우."

그때 창밖으로 뱃고동이 울렸다.

"뱃고동 소리예요!"

나도 모르게 손을 뻗어 창밖을 가리켰다. 그녀가 이내 선생님이 내는 소리예요, 라고 말하리라 짐작했다. 도시의 숱한 소리에 섞였어도 알아낼 수 있는 소리, 아득하고 멀어도 찾아낼 수 있는 소리였다. 그녀가 무심한 듯 창밖을 쳐다보았다.

"아니에요. 저 소리는 선생님의 소리가 아니에요."

어린아이에게 주의를 주듯, 그녀가 단호하게 말했다.

"저건 컨테이너 차 소리예요. 해원이도 알아요."

그걸 어떻게 아느냐고 내가 묻자 그녀는 그냥, 알아요, 라고 대답했다. 그냥 안다고 하니 더 물을 수도 없었다.

"참 고마운 일이죠. 미란이 선생님을 찾아서요."

그녀가 썩은 이를 드러내고 환하게 웃을 때였다. 미닫이문이 열리며 P가 들어왔다. 재단에 회의가 있어 들렀다고 했다.

그녀와 마주친 P는 그녀의 행색을 위아래로 훑어보더니 소파에 대뜸 앉았다.

"그때처럼 해가 지고 있어요."

그녀가 창밖을 보며 노을이 져가는 낙동강 어디쯤을 바라봤다.

"선생님은 안 오시나요?"

그녀가 물었다. 무어라고 대답을 하고 싶었지만 입을 뗄 수가 없었다. 그때 그녀가 저벅저벅 책상 앞으로 다가왔다. 그러고는 펼쳐진 소리 대본을 보더니 해원이 그림이에요, 라고 말했다. 그녀가 해원이가 유치원에서 그린 그림이라는 말만 덧붙이지 않았어도 P가 그렇게 크게 웃지 않았을 것이다.

인사도 없이 그녀가 가버렸다.

"저 여자 누구야?"

P가 물었다. 내가 아는 여자라고 하자 그 선생이라는 사람이 이쪽 계통에 있는 사람이냐고 물었다. 나는 아니라고 했다.

"그런데 저런 여자를 함부로 들여도 되나?"

P가 고개를 갸우뚱거리며 '함부로'라는 말만 내뱉지 않았어도 나는 그녀의 이야기를 시작하지 않았을지도 몰랐다. P는 저런 여자가 이런 곳에 들어왔다는 사실 말고는 내 말이 귀에 들어오지 않는 모양이었다. 그녀에 대한 이야기를 하면 할수록 그녀를 더 이상한 여자로 생각하는 것 같았다. 끝내 듣기를 포기했는지 커피나 한잔 마시고 가야겠다고 했다. 나는 커

피를 내주면서도 그녀의 이야기를 이어나갔다. 그러다 무심코 창밖을 내다보았다. 그녀가 경비 아저씨 손에 이끌려 운동장 밖으로 쫓겨나고 있었다. 그녀가 무어라 말을 하는지 경비 아저씨가 삿대질을 하며 우악스럽게 그녀를 운동장 밖으로 쫓아냈다. 그 모습을 같이 보고 있던 P는 노을이 좋이 내인내는 자신도 이곳에 들어와야겠다고 했다. 나는 P를 쳐다보다가 불쑥 왜 이야기를 듣지 않느냐고 화를 내버렸다.

"미친 여자네. 한눈에 알겠구만."

P가 자리를 털고 일어났다. 그가 가고 난 뒤 나는 시집 옆에 놓아둔 양말 한쪽을 발견했다. 책장 뒤에서 찾아놓고는 까맣게 잊고 있었던 것이다. 나는 양말의 먼지를 털어 창틀에 널다가 그녀가 사라진 빈 운동장을 바라보았다. 노을이 지며 사방이 어둑어둑해지고 있었다. 문득 명왕성 아래 앉아 처음 소리를 내던 때를 떠올렸다. 조명도 비추지 않는 어두운 무대였지만 그 소리는 어딘가에 가 닿을 것 같았다.

'선생님이 내는 소리예요.'

멀리 부두 쪽에서 뱃고동 소리가 나지막하게 들려왔다.

야자수 나라

그곳은 유난히 살구나무가 많은 동네였다. P는 음료수를 사 들고 올라오면서 다 왔느냐고 물었다. 온 만큼 더 올라가야 했기에 다 와간다는 말은 하지 않았다. 등산하듯 가파르게 올라야 하는 곳에 작업실을 얻었으니 그럴 만했다. 이럴 줄 알았으면 차를 가져왔을 거라며 P는 아랫동네를 내려다보았다. 재단에서 만났을 때 걸어서 가자는 내 말에 차를 두고 온 것이다. 처음 집을 보러 왔을 때 마당에 아름드리나무가 먼저 눈에 띄었다. 분홍 꽃망울이 맺혀 벚나무인 줄 알았는데 주인 할머니는 곧 살구꽃이 필 거라고 했다. 집 꼴은 이래도 하늘 아래 여기만큼 경치 좋은 곳은 없을 거라고 했다. 재개발구역이라 세도 쌌고, 주인 할머니는 집이 뜯길 때까지 부담 없이 쓰라고 인심을 냈다. 그 집에서 70여 년을 살았다기에 계약서를 보니 나이가 아흔이 다 되어갔다. 꽃이 피고 살구 열매가 열리면 세상 부러울 게 없는데, 그걸 못 보고 떠나서 아쉽다며 열쇠를 나에게 넘겼다. 얼마 전 아들이 사는 아파트로 이사를 한 뒤라 버려진 살림살이들이 군데군데 널려 있었나. 양아리나 대소쿠리 같은 것은 내가 챙겼다. 무엇보다 동네가 한적하여 소리 연습을 하기 좋았다. 나는 방 한 칸만 숙소로 쓰고 나머지 공간은 작업실로 꾸몄다. 녹슨 철대문에 페인트칠을 하고 입구에 행잉 방울을 탯줄처럼 달았다. 행잉 방울은 엄지손톱 크기부터 새끼손톱까지, 크기를 달리한 작은 방울 예닐곱 개가 아침 나팔꽃처럼 줄에 달려 있었다. 옅은 바람이 불 때는 작은 방울이 어린아이 숨소리처럼 울려 귀를 기울이지 않으면 잘 들을 수 없다. 사람들은 그 소리를 천상의 소리라고 했다. 하지만 손에 감고 흔들면 큰 방울이 먼저 울려 작은 방울 소리는 가늠해낼 수 없었다.

P는 마당에 들어서서야 얼굴을 폈다. 바다 건너 낙동강 쪽으로 노을이 지고 있었다. 그는 그쪽 도시 풍경을 한참 동안 바라보다가 골목 안에 이런 절경이 있을 줄 몰랐다며 감탄했다. 마당과 작업실을 둘러본 뒤 나는 P를 데리고 옥상으로 갔다. P는 붉게 퍼지는 노을을 바라보다가 기획 공연에 대해 이야기를 꺼냈다. 곧 사라질 동네를 예술적 차원에서 조명해보자는 취지가 좋아 시의 지원을 받았지만 너무 방남안 세 문제

라고 했다. 시에서도 지적했듯이, 한 동네가 통째로 사라지는 것 이외에 의미를 확장할 무언가가 떠오르지 않고 있는 것 같았다. P는 고민 중이라고 했다.

"저게 뭐야?"

옥상을 내려오던 P가 폐가 한쪽을 손으로 가리켰다. 그곳에 봉긋하게 반원으로 돋은 물체가 보였다. 가만히 보니 무덤이었다. 옥상을 오르내리면서도 왜 무덤을 발견하지 못했는지 나도 의아한 일이었다. 그는 자신 같으면 아무리 싸고 전망이 좋아도 이런 곳에 작업실을 얻지 않았을 것이라고 했다.

"이건 계약 취소까지 갈 수 있는 문제야."

그는 주변에 군데군데 자리 잡은 폐가를 보고는 걱정이 되는 듯 말을 건넸다.

"아무나 집에 들이지 말고, 무슨 일이 있으면 즉시 연락하라고, 내 달려올 테니."

P는 저물어가는 산 아래 경치를 몇 컷 더 찍더니 조만간 단원들을 불러 자장면 파티나 하자고 했다. 그러면서 배달은 되느냐고 물었다. 좁은 골목에 고양이 배설물이며 자라 오른 풀이 새삼 떠오르는 모양이었다.

"여기도 사람 사는 곳인데요."

P의 입매가 슬쩍 일그러졌다.

"그냥 된다, 안 된다, 한마디면 되는데."

P는 예술가라는 사람들과 작업하는 것도 쉬운 일은 아니라

고 했다.

"그 여자는 그 뒤로 또 왔어?"

P가 뜬금없이 물었다.

"누구 말인가요?"

"지난번 선생인가 뭔가를 찾아왔던 그 여자 말이야."

소리 대본 운운하다가 운동장에서 쫓겨나는 이야기를 할 때야 나는 P가 누구를 말하는지 알아챘다.

"아니요."

나는 거짓말을 하고 말았다. P는 다시 들르겠다며 택시를 불러 타고 아랫동네로 내려갔다.

그녀가 해원이라는 아이의 양말 한쪽을 찾으러 창작촌에 다시 온 것은 비바람이 심하게 불던 날이었다. 여전히 노크도 없이 그녀가 미닫이문을 열고 불쑥 안으로 들어섰다. 운동장에서 쫓겨난 지 세 달여 만이었다. 그사이 더 말랐고 비바람에 머리가 심하게 헝클어져 있었다.

"안녕하세요."

누군가에게 인사하는 법을 막 배워온 사람처럼 그녀가 어설프게 고개를 숙였다. 경비실을 어떻게 통과했는지 모를 일이었다. 내심 그녀를 기다려놓고도 여긴 어쩐 일이냐고 물었다.

"미란이가 돌아왔어요."

오로지 그 말을 전하기 위해 왔는지 미란이가 왔다는 말을 다시 한 번 읊조렸다.

그녀는 이미 안으로 들어와 있었고 무언가 상기된 표정이었다.

"해원이 양말 한쪽 못 보셨나요?"

그녀가 드디어 양말 이야기를 꺼냈다. 창틀에 널어놓았는데 어느 날부터 보이지 않았다. 바람에 날려갔나 싶어 소파까지 들어보았지만 찾지 못했다. 화장실에 갈 때 잠시 방을 비웠을 뿐이었다. 누군가 들어와 고작 여자아이의 양말 한쪽을 가져갈 리도 없었다. 그게 어디로 갔는지 아느냐고 오히려 그녀에게 묻고 싶은 심정이었다. 나는 찾아보겠다는 말로 얼버무렸다.

"선생님은 안 오셨나요?"

거북이 등을 타고 다니는 선생님이 왔느냐고 이번에도 또 물었다. 그는 오지 않았다고 대답했다. 비바람은 더 거세졌다. 그녀도 나도 창문이 요란하게 흔들리는 것만 말없이 보고 있었다. 그때 누군가 노크를 했다. 나도 모르게 목소리를 낮추어 누구냐고 물었다. 문이 열리고 재단 직원이 들어왔다. 직원은 그녀를 한눈에 알아보았고 정중한 말투로 여기는 아무나 드나드는 곳이 아니라고 했다. 여전히 그녀는 그런 유의 말을 알아듣지 못했다.

"이 끝을 돌아가면 세상은 동그랗게 말려요. 양탄자처럼요."

그녀가 말하는 그 끝이 어딘지 종잡을 수 없었다. 그녀가 해맑게 이야기를 다시 시작했고 직원의 표정이 점점 굳어졌다. 그녀를 내보낸 것은 직원이었다.

"선생님, 다른 작가들도 신경 좀 써주셔야죠. 지난번 일도 있는데."

그녀가 창작촌을 배회하다 쫓겨난 일을 말하는 거였다. 내 작업실을 드나들다 그리되었으니 원인을 제공한 사람이 나라고 생각하는 것 같았다. 그녀는 그 뒤로 다시 나타났고 돌아다니다 결국 쫓겨났다. 이후 나는 창작촌 재입주 심사에서 떨어졌다.

나는 살구나무 아래 앉아 레틀을 손에 끼우고 높낮이를 달리하며 소리를 냈다. 이번 공연에 쓸 악기를 고르는 중이었다. 레틀은 아프리카 팡기나무 열매를 건조시켜 만든 방울이다. 속이 빈 조개처럼 생겼는데 열매들끼리 서로 부딪혀 소리를 냈다. 손과 발에 끼울 수 있는데 발목에 차면 땅에 가깝게, 손에 차면 사람에 가깝게, 하늘로 치켜올리면 하늘에 가깝게 소리가 난다. 무대에서 레틀을 흔들면 사람들도 그럴듯하게 알아듣는 것 같았다. 새소리인가 싶으면 물고기 소리 같기도 하고 하늘을 쳐다보면 구름 소리인가 싶기도 했다. 사람 발소리 같기도 하고 낮은 파도 소리 같기도 하고 조가비가 모래에 쓸려 가는 소리 같기도 하고 아이들 앞에서 흔들면 아이들이 사탕 깨먹는 소리처럼 울린다. 아이들은 그 소리를 공룡이 이를 가는 소리라고 했다. 내가 이런 말을 들려주면 P는 세상의 잡소리를 다 모아놓은 거라고 농담처럼 최종 품평을 한다.

레틀을 발목에 걸었다. 맨발로 마당을 거닐며 팡기나무 열매가 낮게 부딪히는 소리를 듣고 있었다. 그때 누군가 대문을 열고 들어오는 소리가 들렸다. 한 여자가 마당으로 들어오고 있었다. 앳돼 보였는데 모르는 여자였다. 자다 왔는지 왼쪽 볼에 베개 자국이 심하게 나 있었다. 머리를 틀어 올렸지만 반쯤은 아래로 흘러내렸다. 내가 어떻게 왔느냐고 묻자 여자는 아무런 대꾸도 없이 팔짱을 낀 채 마당 한가운데 다리를 벌리고 섰다.

"정숙이 언니 안 왔어요?"

여자가 대뜸 물었다.

'정숙이……?'

나는 레틀을 벗어 간이 테이블 위에 올려놓고 정숙이가 누구냐고 물었다.

"정숙이 언니 몰라요?"

아는 사람 중 누구인가 싶어 기억을 더듬는데 여자가 불쑥 내 앞에 앉았다.

"나는 조미란이에요."

나는 여자의 얼굴을 쳐다보며 조미란이라는 이름을 되뇌었다. 어디선가 들어본 이름이었다.

'미란이는 하지원이에요.'

작업실에서 그녀가 했던 말이 떠올랐다.

"정숙이 언니 못 봤어요?"

여자가 당돌하게 다시 물었다.

"정숙이 언니 몰라요?"

여자가 길게 하품을 한 뒤 다시 물었다. 나는 선뜻 대답을 하지 못했다. 그녀를 왜 여기 와서 찾는지 모를 일이었다.

"정숙이라는 분이…… 사라졌나 봐요?"

그녀를 안다는 말 대신 그렇게 물었다.

"도대체 어디로 간 거야!"

내 말에는 아랑곳하지 않고 염탐하듯 안채를 훑었다. 여자는 아직 어려서 철이 없는 것과는 좀 다른, 맹랑하면서도 이상한 구석이 있었다. 이후 여자가 쏟아내는 이야기를 나는 어쩔 수 없이 들었다. 정숙 씨가 집에서 사라지면 종종 이곳에 와 있었다고 했다. 주인 할머니와 돌아가신 정숙 씨 할머니가 가족처럼 수십 년을 지낸 사이였고 아이들을 손주처럼 돌보아주었다는 것이다. 여자가 정숙 씨를 찾으러 이곳으로 온 것도 평소 자주 드나들던 집이라서 그런 것 같았다. 주인이 바뀌었는데 어떻게 정숙 씨가 이곳에 와 있을 거라고 생각하는지 이해가 되지 않았다. 들어보니 주인 할머니가 경증이지만 치매가 와서 하는 수 없이 아들 집으로 들어간 거였다. 열쇠를 받을 때까지 전혀 알아채지 못했던 일이었다.

"그 언니라는 분이, 안 보인 지는 얼마나 됐어요?"

나는 되도록 여자와 거리를 두려고 정숙 씨를 알고 있다는 내색을 하지 않았다. 여자는 대답 대신 테이블에 놓아둔 레틀을 들어 아이처럼 흔들었다. 이상하게 봄도 아니고 여름도 아닌, 가을 나뭇잎이 서로 부딪히는 소리로 들렸다.

"전도사예요?"

딸랑이를 쥔 아이처럼 천방지축 레틀을 흔들던 여자가 물었다. 레틀을 무당 방울로 잘못 안 모양이었다. 두 개는 재질과 모양과 소리가 완전히 달랐다. 내가 아니라고 했는데도 여자가 불경스럽다는 듯 레틀을 테이블에 던져놓았다.

"정숙이 언니 진짜 못 봤어요?"

이 집에 사는 사람이면 정숙 씨를 당연히 알고 있어야 하는 것처럼 말했다. 사실 그녀의 행방을 나에게 물을 일은 아니었다. 나는 못 보았다고 말했다.

"할머니는 그러지 않았는데, 손님이 왔는데 뭐 좀 안 내놔요?"

당돌하게 묻는 투가, 여자는 갈 생각이 없어 보였다. 봄바람은 향기롭게 불어왔고 살구꽃은 활짝 피고 있었다. 그 아래 다리까지 떨고 있는 여자를 보니 좀 귀찮은 생각이 들었다. 내가 물을 한 잔 내주자 다른 거는 없냐고 했다. 나는 하는 수 없이 P가 사들고 온 음료수를 하나 건넸다. 그걸 받아 단숨에 들이켠 뒤에야 나에게 뭐 하는 사람이냐고 물었다. 나는 보이스 아티스트라고 대답을 했고 여자는 그게 뭐 하는 거냐고 다시 물었다. 목소리와 악기를 이용해서 소리 공연을 하는 사람이라고 대답했다. 그런 직업도 있느냐고 또 물었다.

"그래서 대문에 이상한 방울을 걸어놓은 거네."

여자가 새삼 무언가 이치를 발견한 사람처럼 고개를 연달아 끄덕였다.

"나는 식당에서 일해요."

정숙 씨에게 친정 부모님 가게에서 일한다는 말을 들은 적이 있었다.

"이사 가기 전에 할머니가 그러던데, 아랫동네에서 왔다면서요? 예술가들이 모여 산다는 그 학교 말이에요. 해원이랑 시원이가 거기 다녀온 이야기를 하대요. 내가 거기 출신이거든요. 그래서 애들이 거길 좋아해요. 정숙이 언니도 그렇고."

여자의 표정에 일종의 자부심 같은 게 묻어났다.

"오빠도 거기 출신인데, 한눈에 알아봤지요."

그게 초등학교 6학년 때 일이라고 했다.

"아이가 생겼을 때 기도했어요. 날 닮은 예쁜 딸을 낳게 해달라고. 살면서 아무것도 들어주지 않는데, 하나님 말이에요."

그 기도만은 들어주었다고 했다.

"정숙 언니 보면 즉시 말해요."

여자가 무덤 건너편 쪽을 가리켰다. 골목 끝에 있는 나무 대문 집으로 연락하면 된다고 했나. 서시시 끼으 끼이 함께 사는 모양이었다. 드디어 여자가 자리에서 일어났다. 들어올 때도 그랬는지 여자는 대문 입구에 걸쳐놓은 행잉 방울을 피해 대문을 빠져나갔다.

무덤은 누군가 풀을 뽑아주고 있는 것 같았다. 잡풀이 잔디른 옥기기게 없었나. 나는 시난 공연에서 입었던 의상을 옥상에 널다가 폐가 앞을 지나가는 한 사람을 보았다. 널어놓은 빨래 사이로 슬쩍슬쩍 뒷모습이 보였다. 그 모습이 이상하게 시선을 잡았다. 흐느적거리며 걷는 것이 여느 사람과 달랐다. 젊은 여자 같기도 하고 늙은 남자 같기도 하고. 머리가 짧아 남자인가 싶어 다시 보니 여자인 것 같았다. 그 사람은 마치 풍경처럼 무덤 앞을 서성이고 있었다. 어딘가 낯이 익었는데 도통 기억이 나지 않았다. 빨래를 펴서 널고 다시 그쪽으로 눈을 돌렸을 때 그 사람은 사라지고 없었다. 느린 걸음걸이였는데 어떻게 한순간 사라질 수 있는지 모를 일이었다. 길가에 길게 자라 오른 풀 무덤을 사람으로 착각했나 싶었지만 그러기에는 아침 햇살이 너무 밝았다.

P가 단원들을 데리고 온 것은 오후 무렵이었다. 나는 살구나무 아래 쭈그리고 앉아 상추를 뜯고 있었다. 할머니가 심어놓은 상추와 쑥갓은 하루가 다르게 훌쩍 자라 올랐다. 그걸 뜯다 보니 밥을 챙겨 먹게 되었다. 원룸을 전전하며 다닐 때에는 꿈도 꾸지 않았던 일이었다.

"수경 씨, 안 어울린다, 안 어울려."

영상감독인 K가 장난처럼 카메라를 들이댔다. 무대감독이 맥주를, 안무가는 딸기를 테이블에 내려놓았다. 이번 기획 공연은 무용, 음악, 영상, 소리가 함께 협업을 해야 했다. K는 P가 기획한 내용을 검토하여 비주얼 부문을 수정하는 역할을 겸했다. 연극 무대에 섰던 사람인데 그선에 문학을 했고 그 이전에는 그냥 순수한 청년이었다고 말하고 다녔다. 상추를 잔뜩 뜯어놓고도 자장면을 시킨 것은 P 때문이었다. 번거롭게 고생하느니, 라고 말을 흘렸지만 그는 아내가 만든 음식이외는 잘 먹지 않았다.

"여기까지 이사를 오셨네요."

배달 온 쌍희반점 사장이 자장면과 탕수육을 내려놓으며 알은척을 해왔다. 이 집에는 배달을 한 번도 와본 적이 없다고 했다. 전에 없이 여유를 부리던 사장은 배달을 다녀보아도 이 집 경치만 한 데는 못 보았다고 했다.

"전에 선생님이랑 자장면 먹던 그 젊은 여자분 말이에요. 여기저기서 가끔 보이더니 이제 안 보이네요. 세상이 하도 험해서 안 보이면 괜히 걱정이 되더라고요."

사장이 한마디 툭 던지고 마당을 나갔다.

"그 여자랑 자장면까지 먹었어?"

P가 물었다.

정숙 씨가 온 날이었다. 전에 없이 지쳐 보였고 말이 없었다. 나도 딱히 할 말이 없어 입을 나물있네. 그 시끼에 나늡 공연 의뢰가 없어 한가한 시간을 보내고 있었다. 침묵이 어색하면서도 이상하게 편했다. 그녀가 말하는 것을 애써 이해하려고 하지 않아도 되었고, 설사 이해한다고 한들 어쩔 도리가 없었다. 그렇다고 떠도는 그녀와 이웃하여 지낼 일도 아니었나. 그녀 배에서 울리는 꼬르륵 소리만 정적을 깼다. 그래서 좀 이르게 저녁을 시켜 먹었을 뿐이었다.

자장면과 탕수육을 앞에 두고 옥상에 둘러앉았다. K가 맥주를 땄다. 딸기를 씻어 온 것은 무대감독이었다. 어두워지는 바다 건너 도시를 보며 우리는 맥주를 마셨다. 다른 지역의 프로그램과 별 다를 바 없는, 너무 평범한 게 문제인 이번 기획 공연에 대한 이야기가 오간 끝이었다. 노을이 지면서 바다를 가로지르는 북항대교에 불이 들어왔다. 남포동과 영도 일대에도 빛이 찬란하게 밝혀졌다. 그들은 예상치 못한 광경에 입을 다물지 못했다.

"이 정도 조망이면 우리 아파트에선 프리미엄이 수억대로 붙을걸."

P는 자신이 사는 아파트가 다른 것은 다 좋은데 노을이 지는 풍경을 보지 못해 아쉽다고 말했다. 그들은 밤하늘의 별을 본다, 달을 본다, 야경을 본다, 하며 옥상을 오르내렸다. 그곳에서 바라보는 바다 건너 이국적인 풍경에 취해 시간이 훌쩍 흘렀을 때였다.

"여기가 좋지 않을까요?"

그동안 꾸준히 동네를 돌며 공연 장소를 물색하던 K가 말을 꺼냈다. 폐가와 무덤과 옥상의 조망을 잘 이용하면 비주얼 부문은 성공할 것이라고 했다. P가 그제야 눈을 반짝였고 무대감독과 안무가도 수긍을 했다. 그들은 그 평범한 기획 공연의 무대장치를 지는 노을과 도시의 야경에 맡기기로 했다.

미란이라는 여자가 씩씩거리며 다시 찾아온 것은 그 뒤로 며칠 뒤였다. 이번에는 행잉 방울 소리가 크게 울렸다.

"정숙 언니 안 왔어요?"

아직 정숙 씨가 들어오지 않은 것 같았다. 내가 오지 않았다고 하자 여자가 안으로 들어가 방문을 벌컥 열었다.

"도대체 어디로 간 거야!"

여자가 빈방을 확인하고는 풀이 죽어 나왔다. 여자는 음료수를 건네도 마시는 둥 마는 둥 하더니 이내 내려놓았다.

"해원이랑 시원이를 정숙 언니가 케어를 했는데, 나도 일을 가야 하고, 오빠도 그렇고."

친정엄마와 싸워서 잠시 발길을 끊었다고 했다. 이제 다시 식당 일을 나가야 한다며 흘깃 나를 쳐다보았다. 나는 슬쩍 자세를 고쳐 앉았다. 자칫 주인 할머니가 있을 때처럼 아이들을 데리고 제집인 양 드나들면 난감한 일이었다.

"요리를…… 잘하나 봐요?"

곧 마당을 나갈 여자에게 내가 뜬금없이 묻고 말았다. 말을 하다 보면 뭔지 모르게 상대에게 미안한 구석이 생겼다. 그새

마다 말의 끝을 맺지 못하고 그런 실수를 하곤 했다.

"그렇게 보여요? 내가?"

여자가 자지러지게 웃으며 다시 의자에 앉았다. 귀에 거슬리는 웃음소리였는데 왠지 수줍음이 묻어났다. 해원이 생일에 딱 한 번 잡채를 만들어보긴 했다고 했다.

"참기름만 잔뜩 들어가서 맛이 별로였는데. 정숙이 언니가 잘 먹더라고요."

나처럼 여자도, 손이 많이 가는 그런 섬세한 요리를 잘 만들 것 같지 않아 보였다.

"정숙이 언니가 구라는 좀 치고 다녀도 그렇게 이상한 사람은 아니에요."

그때 살구꽃이 여자의 손등으로 날아들었다.

"에구, 우리 시어머니 오셨네."

여자가 손등의 꽃잎을 입으로 후 불어냈다. 나는 느닷없이 노인 흉내를 내는 여자를 놀란 표정으로 쳐다보았다. 여자는 살구꽃이 피고 질 때 할머니가 종종 그랬다며 웃어버렸다.

"정숙이 언니 나타나면 골목 끝집으로 꼭 연락해요."

여자는 행잉 방울을 손으로 한번 쳐내고는 가버렸다.

"선생님은 우유 만드는 법을 아시나요?"

어느 날 삼엄한 경비를 뚫고 작업실에 들른 정숙 씨가 물었다. 우유 만드는 법이라니. 그런 질문을 한 사람은 그녀가 처음이었다.

"우유는 잠을 자야 생겨요. 우유는 엄마예요."

그녀가 빙그레 웃었다.

"엄마랑 대화를 하면 잘 맞아요."

그건 아빠 때문이라고 말했다.

"아빠는 할머니가 엄마예요."

그런데 할머니가 돌아가셨다고 했다. 죽은 할머니가 자주 찾아온다고 했을 때 나는 그녀가 알아챌 정도로 놀라고 말았다.

"돌아가신 할머니가 어떻게 와요?"

내가 물었다.

"꿈을 꿔도 오고, 살구나무 아래 가도 와요. 에구 우리 정숙이 왔네, 라고 해요."

살구나무라니. 말끝에, 그래서 아이가 태어난다고 했을 때 나는 다시 한 번 놀라고 말았다. 비바람이 거세지며 유리창이 심하게 흔들렸다.

"선생님은 서울을 아시나요?"

잠시 흐르던 침묵을 깨고 정숙 씨가 일본도 아니고 중국도 아니고 미국도 아닌, 서울을 아느냐고 물었다. 마치 커다란 다른 세계를 묻는 것처럼 들렸다.

"서울 갔다 왔나 봐요."

대답 대신 내가 물었다.

"서울은 미국이에요."

그녀가 올케인 미란이와 배우 하지원을 일치시켰듯 서울과 미국을 일치시켰다. 미란이와 하지원은 그렇다 치고 서울이 미국이라니.

"미국은 아프리카와 같아요."

서울에는 여러 사람이 모여 산다고 했다.

"아프리카 사람도 있고 미국 사람도 있어요. 일본 사람도 있고 중국 사람도 있어요."

마치 비밀을 알려주기라도 하는 양 허리를 좀 숙이고 내 앞으로 고개를 슬쩍 들이밀었다.

"그리고 아이도 있고, 할머니도 있고, 오빠도 있고, 삼촌도 있어요."

그녀는 새로운 세계를 만나고 온 사람처럼 모든 호칭에 힘을 주었다. 모두가 가족인 양 그녀가 말했을 때 나는 그녀에게로 기울어진 몸을 슬그머니 뺐다. 사물의 질서를 뒤섞는 것과 달리 인간 세상의 질서를 뒤섞는 것이 왠지 불편해서였다.

"선생님은 안 오셨나요?"

정숙 씨는 서울에서도 선생님을 못 만났다고 했다. 나는 그녀가 지나가는 사람들을 붙잡고 거북이 등을 타고 다니는 선생님을 아느냐고 묻는 장면을 떠올리다 고개를 털었다.

이번 공연은 무덤에서 시작하여 폐가를 돌아 작업실 옥상에서 끝을 맺는 것으로 아이디어를 짰다. 공연 뒤풀이 장소는 옥상이었다. 마당에 둘러앉아 마지막 기획 회의를 하고 있을 때였다.

"그래도 무덤 주인한테 허락을 맡아야 하지 않을까요?"

아무도 생각하지 못했던 문제를 제기한 것은 K였다. 폐가야 그렇다 쳐도 무덤은 다르지 않겠냐는 거였다. 하긴 누군가 무덤의 풀을 뽑아주고 있는 것 같았다. 주인이 있다면 축제 분위기는 아니더라도, 무덤에 조명을 쏘고 춤을 추며 소리를 내는 것을 내켜하지 않을 수도 있었다. K가 무덤 가까이 산 사람에게 물어보자고 했고 나는 주인 할머니에게 전화를 했다. 할머니는 살구꽃이 피었느냐고 먼저 물었다. 나는 꽃이 만개했으니 구경하러 한번 오시라고 인사를 전했다. 그런 뒤무덤에 대해 묻자 할머니는 시아버지 무덤이라고 했다. 나는 공연 취지에 대해 간략하게 설명을 하고 무덤을 좀 사용해도되겠느냐고 물었다.

"빈 무덤이야."

할머니가 비밀인 양 소리를 낮추었다. 빈 무덤이라니. 선뜻이해가 되지 않아 무덤 안에 유골이 없느냐고 물었다. 경증이지만 치매라는 여자의 말이 떠올라 재차 확인을 한 것이다. 할머니는 빈 무덤이라고 다시 한 번 말했다. 일제강점기에 시아버지가 더운 나라에 끌려가 야자나무 열매 따는 일을 했는데, 광복 후 돌아오지 않았다고 했다. 시어머니가 생사를 알수 없는 남편의 빈 무덤을 만들어 제사를 지냈다는 것이다. 나는 이야기를 듣고 있다가 더운 나라가 어디냐고 물었다.

"거 있잖아, 야자수 나라."

"야자수 나라요?"

"그래 야자수 나라."

시집오기 전 일이라 가물가물하다면서도 할머니는 전화를 끊지 않았다. 무님을 만들고 한참이 지나서, 시아버지가 야자수 나라에 살고 있다는 말을 우연히 건네 들었다고 했다. 왜 돌아오지 못했는지 정확히 알지 못했지만 그 때문에 시어머니가 돌아가실 때까지 마음고생을 했다는 것이다.

"시어머니가 살구나무를 참 좋아하셨는데. 살구꽃은 폈는지 모르겠네."

전화를 끊으며 할머니가 혼잣말로 중얼거렸다. 꽃이 활짝 피었다는 말을 잊은 모양이었다.

"공갈 무덤이라니."

옆에서 듣고 있던 P가 다소 허탈한 표정을 지었다. 이곳을 드나들 때마다 무덤 앞에서 걸음이 빨라졌던 사람이 P였다.

"공갈 무덤과 야자수 나라라."

말없이 듣고 있던 K가 억지로 기지개를 폈다.

"그나저나 허락을 한 거야 만 거야?"

P가 물었다. 행잉 방울이 바람에 흔들리는 소리만 나지막하게 들려왔다.

"그래도 지고지순한 쪽으로 가야겠지요? 노을 이미지와도 맞고."

공갈 무덤과 야자수 나라에 대한 해석이 분분하게 오간 뒤였다. 돌아오지 못한 이유야 어찌 되었든 K의 의견대로 공갈 무덤은 시어머니의 지고지순한 사랑의 무덤으로 정리가 되었다.

'사라지는 것들'이라는 평범한 제목을 버리고 다시 정한 제목은 '야자수 나라'였다. 무용과 음악, 무대 장치는 '야자수 나라'에 맞게 전폭 수정되었다. 보다 더 대폭 수정해야 되는 파트는 소리의 영역이었다.

내가 '사라지는 것들'에 사용하려고 했던 악기는 팡이 레틀이었다. 세상의 모든 것과 어울리는 레틀 소리는 이번 공연에 어울리지 않는다는 데 의견이 모아졌다. 잡음 때문에 주제가 흐트러진다는 게 이유였다. 회의 끝에 아코디언 소리가 들어간 이국적인 느낌이 나는 1930년대 옛날 가요가 배경음악으로 정해졌다. 공연이 정해지면 나는 거기에 맞는 악기를 찾고 그 악기에 맞는 소리를 넣는다. 소리를 넣는 작업은 연습을 해도 현장에서 느끼는 파장에 따라 소리의 폭이 달랐다. 내 몸이 악기가 되지 않으면 누구의 소리도 낼 수 없었다. 악기가 되는 지점은 몸이 열리는 지점이고 무대에 서기 전에는 아무리 연습을 해도 그 지점을 미리 알지 못한다.

"정숙이 언니 왔어요?"

미란이라는 여자가 또 찾아왔다. 언제부턴가 여자가 대문 앞에 걸어놓은 행잉 방울을 손으로 쳐내며 들어오고 있었다.

그 방울을 그토록 거칠게 쳐내고 오는 사람은 여자밖에 없었다. 여자의 방문이 이제 새로울 것도 없어 나는 앉으라고 했다. 그러면서 실종 신고는 했느냐고 다시 물었다. 여자는 정숙 씨가 언젠가는 다시 돌아올 거라는 것을 믿는 것처럼 그 말에는 대답을 하지 않았다. 이곳에 찾아온들 뾰족한 수가 없는데도 불시에 불쑥 찾아와서 허락도 없이 옥상에 올라갔다가 작업실에 들어가기도 하고 살구나무 아래 의자에 앉아 낮잠을 자기도 했다. 정숙 씨가 등 뒤 소파에서 자듯 여자는 내 뒤에서 레틀 소리를 들으며 잠을 잤다. 그런데도 아이들을 데리고 오지 않는 것은 이상한 일이었다.

여자는 전에 없이 앉지도 않고 마당에 버티고 서서 정숙이 언니 안 왔느냐고 물었다. 왠지 이번에는 신경이 곤두서 있었다. 동네 골목마다 붙여놓은 공연 포스터에는 관심도 없어 보였고 잠을 자지 않았는지 그사이 얼굴이 수척해져 있었다. 그게 정숙 씨가 없는 불편함이나 아이들 때문만은 아닌 것 같았다. 나는 그녀는 오지 않았다고 말했다. 여자가 정숙 씨에 대해 다시 물었고 나는 오면 연락하겠다고 했다. 여자가 찬바람을 일으키며, 행잉 방울을 거칠게 쳐내고는 가버렸다.

골목 입구에 야자수 나라라고 적힌 패널이 크게 걸렸다. SNS를 통해 꾸준히 홍보를 해서인지 사람이 제법 많이 모여들었다. 그들 사이에 드문드문 동네 사람인 듯한 노인들이 섞여 있었다. 시와 재단 관계자들은 이미 와 있었고 그쪽에서 지원을 하는 만큼 공연 진행 방향을 꾸준하게 점검하고 있었다. 골목에는 동남아풍 소품을 설치했고 아코디언이 들어간 1930년대 전통 가요가 야자수 나라를 가득 메웠다. 폐가 담 벼락에는 주인 할머니에게 들은 이야기를 이미지로 재혀서한 영상이 반복적으로 돌아가고 있었다.

공연은 노을이 절정에 다다를 때 끝나야 했다. 나는 골목 입구에 섰다. 무명 한복을 입고 들고 있는 나뭇가지 끝에 행 잉 방울을 길게 늘어뜨렸다. 폐가를 지나 무덤까지 가면서 손에 든 나뭇가지를 흔들어 천상의 소리를 들려주는 거였다. 집으로 돌아오지 못하고 야자수 나라에 잠든 할아버지의 혼을 달래는 제의였다. 내 공연을 이어서, 폐가에 들어갔던 한국 무용 무용수들이 할아버지의 혼을 이끌어서 집으로 인도하면 현대무용 하는 이들이 그 넋을 옥상으로 이끌게 되어 있었다. 공연이 진행되면서 관객들의 동선도 무덤에서 폐가로, 폐가에서 옥상으로 자연스럽게 옮겨 가게 대본을 짰다. 절정에 다다를 때 옥상으로 올라온 사람들은 폐가 지붕에 올라가 있는 남자 무용수와 옥상에 있는 여자 무용수가 서로 애틋하게 손을 내미는 장면을 보게 될 것이다. 마지막으로 내가 할 일은 천상의 소리를 내며 무용수와 관객들의 시선을 노을이 지는 풍경으로 이끄는 거였다.

나는 구음을 내며 폐가를 지나 마당으로 들어섰다. 마당에는 현대무용 하는 이들이 군무를 추고 있었고 따라온 관객들의 시선이 그쪽으로 옮겨 갔다. 나는 그들의 시선에 방해가 되지 않게, 살구나무 쪽으로 물러나, 애초부터 어두운 무대 한쪽에 앉아 소리를 내왔던 것처럼, 내 위치를 찾았다. 해는 지고 있었고 무용수든 ⋯ 메ᄤ내노 사연스럽게 옥상으로 관객을 이끌었다. 그때 들릴 듯 말 듯 물방울 터지는 소리가 들려왔다. 나는 행렬을 따라가려다 걸음을 멈추었다. 물방울 소리인가 싶어 귀를 기울이니 새소리였고 새소리인가 싶어 다시 귀를 기울이니 나뭇가지가 서로 부딪히는 소리 같았다. 안녕하세요, 선생님. 아이도 있고 할머니도 있고 오빠도 있고 삼촌도 있어요. 나는 들려오는 소리에 귀를 기울였다. 이상한 것은 내 안에서 아무런 소리도 나오지 않는다는 거였다. 나는 나도 모르게 들고 있던 나뭇가지를 조용히 흔들었다. 행잉 방울 소리가 여리게 터져 나왔다. 하지만 이내 카메라 셔터 누르는 소리에 묻혀버렸다. 나는 살구나무를 올려다보았다. 만개했던 살구꽃은 지고 연두색 여린 열매가 열려 있었다. P가 옥상에서 아래를 내려다보다가 살구나무 아래 가만히 서 있는 나를 발견했다. 그가 올라오라고 손짓을 했지만 올라갈 수가 없었다.

노을 끝자락을 물고 북항대교에 조명이 켜졌다. 옥상에서 탄성이 쏟아져 나왔다. 공연의 성공을 알리는 마지막 소리였다. 그때 나는 행잉 방울 소리를 들었다. 많은 사람이 드나들며 그 방울을 울리지만 나는 손으로 거칠게 쳐내는 그 소리를 알았다. 여자였다. 여자가 비틀거리며 다가와 마당 한가운데 버텨 섰다. 술이 취해 있었다.

"정숙이 언니 못 봤어요?"

여자가 갈라지는 목소리로 소리글 길렀다. 머리는 풀어헤쳤고 얼굴은 붉게 달아올라 있었다.

"정숙이 언니 못 봤냐고요!"

옥상에 있던 사람들이 마당을 내려다보았다.

"당신들 정숙이 언니 몰라!"

절규에 가까운 여자 소리만 마당에 울려 퍼졌다.

"니들! 정숙이 언니 모르느냐고!"

여자가 손가락 하나를 옥상으로 치뻗으며 다시 악을 쓰고 물었다. 점점 행패에 가깝게 소리가 커지고 있었다.

"정숙 언니 아느냐고요! 씨발!"

여자가 옥상을 향해 다시 소리를 질렀다.

"그만합시다. 좋은 날에."

아래를 내려다보고 있던 P가 점잖게 소리를 질렀다.

그때 갑자기 여자가 주저앉아 아이처럼 울음을 터트렸다. 여자가 정숙 언니 아느냐고, 못 봤느냐고 악을 쓰며 물었다. 온 동네가 여자의 울음소리로 뒤덮이고 있는 것 같았다. 나는 뭐라도, 정숙 씨에 대해 이야기를 해주고 싶었지만 입이 떨어지지 않았다. 여자를 날래시베ㄴ 무언가 늦엇다는 생각이 들었다. 욕설을 섞어 한참을 울어대던 여자가 비틀거리며 일어섰다. 기운이 빠졌는지 어깨를 축 늘어뜨리고 마당을 걸어 나갔다. 순간 나는 처음으로 여자를 잡고 싶은 마음이 들었다.

"왜 이 동네에는 이상한 사람이 많은 거야. 저 여자, 수경 씨 아는 사람이냐? 또 생숙이는 도대체 누군데?"

P가 연달아 물었다. 나는 그냥 아는 사람들이라고 대답했다. P는 그들 때문에 더 불쾌한 기분을 갖고 싶지 않은지 이내 시선을 돌렸다. 내가 대본과 달리 옥상에 올라가지 않았음에도 불구하고 P가 따져 묻지 않은 것은 찬란하게 빛나는 북항대교 불빛 때문이었다.

옥상에서 해 뜨는 모습을 보자고 한 것은 K였다. 여자 때문에 끊긴 분위기를 다시 이으려는 것 같았다. P를 비롯해 남았던 사람들도 흔쾌히 그러자고 했고 뒤풀이 자리는 새벽까지 이어졌다. 중간에 술이 너무 취한 사람은 작업실로 들어갔고 나는 옥상과 작업실을 오가다가 새벽을 맞았다. 옥상에 마지막까지 남은 사람은 K와 P, 그리고 단원 몇 명이었다. 깨어 있기에는 지치고 잠을 자기에는 무언가 또렷한 시간이었다. 해가 떠오르자 사람들이 난간 쪽으로 다가갔다. 밤에는 보이지 않았던 마을 풍경이 서서히 보이기 시작했다. 새벽에 마을을 보는 것은 나도 처음이었다. 주변이 밝아오면서 마을 모습은 더 선명해졌다. 난간에 겨우 기대서 있던 P가 낡고 초라하고 보잘것없는 마을 풍경을 등지고 말없이 먼저 내려갔고 뒤

이어 K도 내려갔다. 단원 몇 명만 나뒹구는 술병을 치운다고 남았다.

나는 계단을 내려오다가 무덤 앞에 서 있는 한 사람을 보았다. 남자 같기도 하고 여자 같기도 하고 늙은 사람 같기도 하고 젊은 사람 같기도 하고. 풀 무덤인가 싶어 나시 보니 음지이고 있었다. 그 사람은 무덤 앞을 맴돌다가 야자수 나라 간판이 붙은 골목을 흐느적대며 걸어 나가고 있었다.

배리어 열도의 기원

태풍이 온다고 했다. 그녀는 숲속으로 들어갔다. 숲은 세 개의 산봉우리가 감싸고 있었다. 게스트하우스는 가운데 봉우리가 해안선과 맞닿은 곳에서 바다를 보고 있었다. 오래된 와인하우스를 개조해 만들었다는데 1층에 서핑보드 대여점을 겸하고 있었다. 서핑슈트를 널어놓은 공터가 한가로워 보였다. 무료하게 바다를 보고 있던 셰퍼드 한 마리가 그녀를 발견하고 짖어대기 시작했다. 한 남자가 파라솔 아래에서 팔에 문신을 한 여자와 카드 게임을 하다가 그녀 쪽으로 고개를 돌렸다. 여자는 슈트를 반쯤 벗고 있었는데 젖은 머리카락에 스며드는 바람이 차가운지 비치타월을 몸에 감았다. 어디선가 오래된 팝송이 흘러나왔다.

그녀는 파라솔 쪽으로 다가갔다.

"혹시 방이 있나요?"

카드를 내려다보고 있던 남자가 무표정하게 혼자냐고 물었
다. 혼자라는 말에 남자가 그녀를 훑어보았다. 길게 흘러내린
머리카락을 쓸어 올리며 게스트룸은 2층이라고 했다. 쉴 을
만큼 묵고 계산은 떠날 때 하면 된다고 했다. 남자가 카드 게
임을 멈추고 키를 가지러 가게 안으로 들어갔다.

"이곳은 파도가 좋아도 입지가 좋지 않아요. 차를 가져올
수도 없고 걸어서 숲을 통과해야 하잖아요."

여자는 숲속에 이런 곳이 있다는 게 처음에 믿기지 않았다
고 말했다. 그녀는 교습을 겸하고 있는 다른 대여점을 무심히
쳐다보았다.

"왜 있잖아요, 낡고 허름해도 사람을 잡아끄는 그런 거."

여기가 그런 곳이라고 했다. 여자는 시즌마다 찾아와 이곳
에 머문다고 했다.

"이 주변에서 강 선생님만큼 파도에 대해 잘 아는 사람은
없을 거예요. 그걸 아는 사람은 별로 없어요. 왜냐구요?"

여자가 그녀 쪽으로 몸을 기울였다.

"그는, 은둔자니까요."

대단한 비밀을 말하는 것처럼 여자가 목소리를 낮추었다.
남자는 그녀에게 게스트룸의 키를 건넨 뒤 다시 게임을 이어
나갔다. 게임은 여자가 이기고 있는 것 같았다. 바다는 간간

했고 몇몇 무리들만 서핑보드를 끼고 바다로 향하고 있었다.

그녀는 203호 문을 열었다. 가방을 내려놓고 창밖을 바라보았다. 사구(砂丘)의 완만한 곡선 너머는 온통 바다뿐이었다. 제이와 바라보던 풍경도 이와 같았다. 파도가 좋은 여름이면 그녀는 제이와 함께 산등성이에 웅크리고 앉아 밤을 새기도 했다. 그녀와 제이가 바라본 곳은 수평선 멀리 떠 있는 별이었다. 지상에 그녀와 제이가 머물 곳은 없을 것 같은 밤, 그녀는 날카롭게 솟아오르는 파도 끝을 보며 제이의 어깨에 몸을 기댔다.

객실에 짐을 풀고 그녀는 1층으로 내려왔다. 카드 게임은 끝난 것 같았다. 여자는 보이지 않았고 남자 혼자 파라솔 아래 앉아 바다를 보고 있었다. 남자가 그녀의 손목에 난 상처를 보며 서핑을 하러 왔느냐고 물었다.

"파도를, 보러 왔어요."

그녀는 상처 위에 손을 포갰다.

"소풍 오듯 그저 파도를 보러 온 것 같지는 않군요."

남자는 곧 태풍이 올 거라고 했다. 그녀는 구름 한 점 없는 맑은 하늘을 올려다보았다.

"태풍이, 올까요?"

그녀가 물었다.

"올 거요."

남자가 말했다.

서핑 가게를 분기점으로 산책을 나온 사람들이 되돌아가고 있었다. 그녀는 문득 세 개의 봉우리 중 하나, 사람들이 잘 다니지 않는 또 하나의 봉우리 쪽으로 고개를 돌렸다.

"저 봉우리엔, 뭐가 있죠?"

그녀가 물었다.

"구리 광산이 있소."

광산은 폐광이 되었다고 했다. 규모가 크지 않아 지금은 그저 흔한 동굴로 방치되어 있다는 것이다. 입구가 바다를 향해 있어 파도를 한눈에 볼 수 있다고 했다. 그 앞바다를 경계로 해류가 바뀌고 방위가 갈라진다는 말에 그녀는 그쪽 바다를 바라보았다. 급기류 탓에 파도의 날이 가장 무섭게 서는 곳이라고 했다.

"서퍼들은 아름답다고 하지만, 그 파도에 작년에도 한 서퍼가 목숨을 잃었어요."

그녀는 무언가에 끌린 듯 봉우리를 쳐다보았다.

'파도를 보기 위해 산을 오르는 사람은 드물 거야.'

제이는 해안가 산을 오르며 그렇게 말하곤 했다. 매번 제이가 내민 손을 잡고 산등성이를 오르면서도 그녀는 불안했다. 깊이를 알 수 없는 바다를 본다는 것이 두려웠다.

'물 안에 있으면 엄마 품에 안긴 것같이 포근해.'

어렸을 때 누군가에게 들은 그 말이 내도록 귀에 남았다. 추위가 겨우 가신 어느 날, 그녀는 공중탕에 물을 가득 받아놓고 주방의 트리오를 풀어 거품을 냈다. 그 안에 들어가 거품이 인 물을 안고 또 안을 때였다. 안으로 뛰어 들어온 사람은 원장이었다. 원장은 미역을 건져 올리듯 그녀를 들어내 엉덩이를 세차게 두들겼다. 어린것이 거품 목욕이라니. 지금까지 시설은 운영히면시 그녀처럼 수제를 모르는 아이는 처음이라고 했다. 여자 원생들에게 본보기를 보여야 한다며 옷도 입히지 않고 그녀를 복도로 끌고 갔다. 그녀는 그날 수건 하나 걸치지 않고 세 시간이나 벌을 섰다.

백사장에는 보드를 배우려는 사람들이 무리 지어 있었다. 처음 보드를 배울 때 그녀가 그랬듯이 그들은 보드를 모래 위에 놓고 배를 깔고 엎드렸다 일어나는 행동을 반복하고 있었다. 지상에서 자세가 잘 나와야 바다 위에서도 자유롭다고 제이는 말했다.

'장족의 발전이야. 네가 서핑보드를 배우게 되다니.'

그녀가 낮은 파도 끝에 실려 바다로 들어갈 때 제이가 환호를 질렀다. 제이는 수영 강습이 끝나면 틈틈이 그녀를 데리고 바다로 갔다. 처녀지를 탐방하는 것처럼 파도의 날과 숨, 결을 그녀에게 느끼게 해주었다. 한겨울에도 그녀의 손을 이끌고 바다로 갔다.

'너를 지켜줄게.'

그녀가 거대한 폭풍 앞에 서 있는 어린아이인 양, 제이는 세차게 올라오는 파도를 보며 다짐하곤 했다. 그녀가 첫 파도를 넘었을 때 제이는 날이 선 파도 위에 서서 손 키스를 보냈다. 제이가 그녀의 손을 이끌고 파도를 찾아다닌 지 일 년 만이었다.

물에 뛰어든 그녀를 건져낸 사람이 제이였다. 주변에 있던 사람들은 그녀가 물에 빠졌다고 소리를 질렀다. 그녀가 눈을 떴을 때 제이가 천연덕스럽게 농담을 건넸다.

"하마터면 둘 다 못 나올 뻔했어요. 너무 세게 잡아당겨서."

사람들의 박수 소리가 컸는데도 제이의 말이 또박또박 귀에 들어왔다.

연습을 마친 초보자들이 보드를 끼고 강사를 따라 바다로 들어가고 있었다. 보드를 끌고 낮은 파도를 잡아타는 게 쉽지 않아 보였다. 파도 끝에 부서지는 잔 포말에도 보드를 놓치기 일쑤였다. 초보자들은 보드가 나아갈 만큼의 물살을 잘 감별하지 못한다. 강사가 물살을 관찰한 뒤 타이밍에 맞게 서프보드를 밀어줘야 했다. 보드 위에 엎드려 있다가 일어서기만 하면 될 것 같아도 균형 잡기는 쉽지 않을 거였다. 배운 대로 쉼없이 패들링을 하며 물살을 거스르는 그들의 사투는 계속되었다. 얼마나 많이 넘어졌다 일어서기를 되풀이해야 그들은 홀로 서서 파도를 탈 수 있을까.

여자가 보드복 차림으로 가게를 걸어 나왔다. 웻슈트를 입은 여자의 몸은 오랫동안 운동을 한 사람처럼 근육이 올라 있었다. 옆구리에 숏보드를 끼고 바다로 향하는 모습이 여전사

118

같았다. 보드의 형태만 보아도 여자가 초보자가 아님을 알 수 있었다. 처음 보드를 배울 때는 부피가 넓어 균형을 잘 잡을 수 있는 롱보드를 사용한다. 그러면서 점차 중간 단계의 펀보드를 거쳐 스피드를 즐길 수 있는 숏보드로 바꾸어나간다. 그런 비나노 방하는 여자를 보며 제이를 떠올렸다. 제이는 웬만한 수상 스포츠를 섭렵했으면서도 그녀와 같이 보드를 탈 때는 늘 롱보드를 탔다. 그녀를 위해 몸이 요구하는 속도를 절제했던 것이다.

'보드는 인간이 딛고 설 최소한의 땅과 다름없어. 땅에서 벗어나 최대한 바다와 일치되고자 보드의 부피를 줄이는 거지. 충돌과 싸움 끝에 파도와 인간이 한 몸이 되는 그 순간, 자신이 최소한의 땅이라도 디디고 있다는 것을 잊지 마.'

그래야 파도를 타고 다시 돌아올 수 있다고 제이는 말했다.

여자가 보드를 들고 거침없이 모래를 밟으며 바다로 갔다. 낮게 이는 흰 포말을 거슬러 보드에 몸을 올렸다. 손으로 노를 저어 한참을 바다로 나아간 여자는 보드 위에 앉아 수평선을 사선으로 비껴 보게끔 몸을 틀었다. 태풍 전야의 바닷결을 느끼려는 듯 쉼 없이 패들링을 하며 수평선을 보고 있었다.

"저때가 가장 위험해요. 고요하고 평온하고 다정해 보여 바다에 그만 마음을 빼앗겨버리는 거지요. 물놀이를 하는 아이가 밖으로 나오려 하지 않는 것과 같아요."

이곳의 파도가 좋긴 하지만 급기류가 있어 위험하기도 하다고 했다. 남자는 태풍주의보를 앞두고 서퍼들이 몰려들 거라고 했다. 파도를 즐기다보면 그 끝은 언제나 태풍에 다다른다는 것이다. 아무리 금지시키고 주의를 주어도 그들은 태풍이 이는 바다로 뛰어든다고 했다. 사고가 나면 책임을 지겠다는 서약서를 받지만 그게 무슨 소용이겠냐고 했다.

"이런저런 사연들이 있겠지만, 떠날 때 떠나지 않고 저리 있는 것은 바다를 빌미로 해결할 무언가가 있어서겠지요."

남자는 바다 위에 떠 있는 여자를 망연히 눈에 담고 있었다. 그녀는 물결 위에 부표처럼 떠 있는 여자 너머 바다 끝 어디쯤으로 시선을 모았다. 제이의 영혼이 그곳에 머물고 있을지도 몰랐다.

그녀가 기필코 배우려 했던 것은 수영이었다. 깊이를 알 수 없는 물을 보면 불안하면서도 자신도 모르게 끌리는 게 있었다. 작정하고 바다를 찾아가도 물에 발도 담그지 못하고 물러서고 말았다. 제이를 우연히 만난 것은 수영장에서였다.

'열심히 살고 있었군요. 기특해요.'

먼저 연락을 해온 것은 제이였다. 서로 묻지는 않았지만 무언가 근원이 같다는 걸 느끼는 데 시간이 그리 오래 걸리지 않았다.

식당에는 와인 냄새가 은근하게 풍기고 있었다. 바구니에 가득 담긴 와인 뚜껑에서 나는 것 같았다. 한쪽 벽면을 채운 와인 병은 모두 비어 있었다. 여자는 안이 훤히 보이는 주방에서 요리를 하고 있었다. 구릿빛 피부의 팔 근육이 앞치마와 잘 어울리지 않았다. 남자는 와인을 마시고 있었고 테이블에는 접시가 세 개 놓여 있었다. 주방 벽을 따라 세계지도가 길게 펼쳐져 있었는데 지도 위에 '배리어 열도(Barrier Island)'라는 엄지 글씨가 그새 적혀 있었다. 배리어 섬은 해안선을 따라 길게 띠를 이루며 보호막처럼 대륙을 에워싸고 있었다.

그녀는 섬의 한 지점에 시선을 멈추었다. 그곳에 흰 장미 한 송이가 꽂혀 있었다.

"지도에 꽃을 꽂은 건 처음 봐요."

그녀의 말에 남자의 얼굴이 어두워졌다.

"저 섬들이 육지로 달려드는 태풍을 온몸으로 막고 있어요."

남자가 어색하게 화제를 바꾸었다.

"저렇게 약한 섬들이 어떻게 그런 일을 해내는지 모르겠네요."

양파를 다지던 여자가 고개를 갸우뚱거렸다. 그녀는 한없이 부드럽게 펼쳐진 섬을 쳐다보았다. 남자는 육지와 바다가 만나는 최초의 장소인 그곳에서 충돌과 타협을 반복하며 끊임없이 새로운 파도가 생겨난다고 했다. 그러면서 섬이 조금씩 움직이고 있는 것을 아느냐고 물었다.

"섬이 움직인다고요?"

여자가 달걀을 깨다가 목소리를 높였다.

"섬이 어떻게 움직여요? 골리앗이라도 사는 모양이죠."

"부드러운 바람과 거대한 폭풍, 거센 파도에 이르기까지 크고 작은 자연의 힘이 겹쳐서 섬의 이동을 일으키고 있는 거지요."

그로 인해 파도와 사구도 태어나고 자라고 사라지고를 반복한다는 남자의 말에 그녀와 여자는 귀를 기울였다. 어쩌면 이곳의 파도도 그렇게 오는 것일지도 몰랐다.

"섬도 움직이고, 파도도 죽었다 다시 살아나고, 다 살기 위해 그러겠지요. 쓸데없이 벌어지는 일이 어디 있던가요. 도망쳐봤자죠."

여자의 말에 그녀는 하얀 장미가 꽂혀 있는 파란색 지형의 배리어 열도를 바라보았다. 지도 밑으로 얼룩이 흐릿하게 나 있었다. 남자는 몇 년 전 태풍이 몰려와 바닷물에 잠겼던 자리라고 말했다. 파도가 배리어 열도에 부딪쳐 끝없이 소멸하고 생성하기를 얼마나 반복해야 이곳에 다다를 수 있을까. 그녀는 띠를 이룬 섬 주변으로 막막하게 펼쳐진 지도 속 바다에 시선을 멈추었다.

어느 보드 가게에 걸려 있는 사진에서였다. 사진 속 파도는 더없이 깨끗하고 투명해 보였다. 위험이라고는 도사리고 있지 않을 것 같은 파도의 속살을 가르며 한 서퍼가 질주를 하고 있었다. 날카롭게 올라가는 파도의 머리와 그 안으로 만들어지는 동굴 같은 태초의 물길, 안온한 물의 세계를 보고 있는 제이의 눈빛은 빛나고 있었다.

"태어난 장소로부터 수만 킬로미터나 떨어진 먼 곳까지 달려온 파도는 해안에 닿기도 전에 힘없이 무너져 내리는가 하면 배리어 열도에 부딪쳐 오히려 더 거대한 파도로 돌진해 오기도 합니다."

그때 생긴 파도를 서퍼들이 가장 좋아한다고 남자는 말했다. 여름은 물론 추운 겨울에도 제이는 그녀를 데리고 바다로 가곤 했다. 제이는 사력을 다해 사납게 달려오는 파도를 집요하게 기다릴 줄 알았다.

여자가 준비한 메뉴는 오믈렛이었다. 달걀지단 위에 케첩을 뿌리는 여자의 얼굴에 장난기가 묻어났다. 여자가 오믈렛을 들고 테이블로 왔을 때 남자와 그녀는 웃고 말았다. 여자가 장난스럽게 오믈렛 위에 그림을 그려놓았던 것이다. 하트이겠거니 했는데 시계였다.

"여긴 시계가 없잖아요."

그녀는 식당 안을 둘러보았다.

"몰랐죠? 이 건물에 시계가 없다는 거. 잠깐만요. 그냥 먹긴 아쉽잖아요."

여자가 휴대폰을 꺼내 들고 그녀와 남자 사이에 서서 다정하게 몸을 숙였다.

"몸을 제 쪽으로 기울여보세요."

여자가 찍은 것은 식탁에 둘러앉은 그녀와 남자, 그 사이에 선 자신의 모습이었다.

"꼭, 가족 같죠."

여자가 사진을 들여다보며 뜬금없이 말했다. 사진을 보던 남자가 어색한 듯 고개를 돌렸다. 무심해 보여도 남자의 표정은 가족이라는 말에 머물러 있는 것 같았다. 여자는 만찬을 즐기듯 오믈렛을 정성껏 먹어치웠다. 그녀는 오믈렛을 빈이나 남겼다. 식사를 마친 뒤 커피를 마시며 여자는 남자가 해양연구원이었다고 말했다. 어쩌다가 이곳에서 이런 일을 하게 되었는지 남자는 말하지 않았다. 그녀는 식당을 나오며 여자가 찍어 보여준 사진을 떠올렸다. 한눈에 보아도 멋쩍고 어색한 사진이었다. 그런데 가족이라니. 그녀는 새삼 얼굴이 붉어졌다.

오후가 되자 바람이 제법 불었다. 수평선 끝으로 먹구름이 내려앉고 있었다. 잔잔한 듯 보여도 해안에 부서지는 포말이 거칠었다. 남자는 바다를 한참 바라보다 셰퍼드를 앞세우고 높은 봉우리 쪽으로 걸어갔다. 구리 광산이 있다는 봉우리였다. 전날 저녁에도 남자는 그쪽으로 사라졌다.

여자는 파라솔 밑에 앉아 혼자 카드를 만지작거렸다.

"서핑을 했다면서요?"

바다를 보고 있는 그녀에게 여자가 물었다.

"이제, 안 해요."

"그래서 내도록 파도 언저리만 배회하는구나."

그녀의 눈치를 살피던 여자는 피자 사연은 묻지 말기고 해다. 제이도 그랬다. 그녀를 만나는 동안 한 번도 그때 이야기를 꺼내지 않았다.

"오늘 파도가 좋네요."

그녀는 여자의 시선을 피하며 바다를 보았다.

"인권녀린 세가 상습해술게요."

여자는 공짜라고 덧붙였다. 그때 한 무리의 사람들이 숲을 빠져나오고 있었다. 숲 입구에 차를 대고 걸어오는 모양이었다. 입지가 좋지 않아도 좋은 파도를 찾아 기꺼이 이곳까지 왔을 것이다. 그들이 가게 쪽으로 다가왔다. 여자가 손을 들어 알은척을 했지만 무관심하게 지나쳤다. 서로 보드를 타다 만난 사이 같았다. 그들 중 한 명이 그녀와 여자를 번갈아 보다가 가운뎃손가락을 들어 날렸다. 그러고는 앞서가는 서퍼 뒤에 밀착해 흘레붙는 시늉을 했다. 얼굴이 달아오른 것은 여자가 아니고 그녀였다.

"개자식."

여자가 그들 뒤에 가운뎃손가락을 펴 날렸다. 웻슈트로 갈아입고 탈의실을 나온 그들 무리는 발목에 안전줄을 묶었다. 그들이 걸을 때마다 왼쪽 발목과 보드를 연결한 안전 끈이 길게 모래에 실렸다.

여자도 웻슈트를 입고 보드를 옆구리에 낀 채 바다를 향해 걸어갔다. 그녀는 여자의 단단한 몸이 해안의 경계를 아무런 거리낌 없이 거슬러가는 것을 지켜보았다. 여자는 포말이 이는 해안선의 잔파도를 넘어 쉼 없이 패들링을 하며 앞으로 나아갔다. 다른 서퍼들 속에 섞여 있어도 여자의 움직임은 눈에 띄었다. 여자는 이내 능숙하게 보드에 올라 배를 깔고 패들링으로 파도를 넘기 시작했다. 다른 서퍼들도 포말을 헤치며 다투듯 앞으로 나아갔다.

여자가 푸시를 하며 상체를 들어 올린 것은 다른 서퍼들을 한참 앞서서였다. 이내 여자는 보드 위에 다리를 벌리고 앉아 사선으로 밀려오는 파도를 향해 방향을 틀었다. 그러고는 수면 위에 돌출된 상어지느러미처럼 보드 위에 앉아 움직이지 않았다. 뒤따르던 서퍼들도 파도의 결을 따라 길게 띠를 이루고 있었다. 그들이 기다리는 것은 파도였다. 먹구름 사이로 해가 모습을 보였다. 바다는 해를 받아 은색으로 빛났고 물결은 해안선 끝에서 끝으로 잔 파동을 일으키며 길게 움직이고 있었다. 기다리던 파도가 쉽게 오지 않는지 여자는 한참을 그렇게 움직이지 않고 파도를 기다렸다. 전날 고요한 수면에 바다의 일부처럼 보였던 때와는 달랐다.

"바람이 제법 붑니다."

언제 돌아왔는지 남자가 풀 냄새를 풍기며 다가왔다. 파도가 밀려와 해변의 모래를 쓸어갔다.

"서핑을 하려면 파도만큼 모래도 중요합니다. 에너지를 일으키려면 육지의 힘을 느껴야 하는데, 녀석이 만나는 유일한 육지가 모래죠."

남자는 발밑의 모래를 주워 올렸다. 모래가 손가락 사이로 이내 흘러내렸다.

　"폭풍 끝에 달려드는 파도는 끝이 송곳처럼 날카로워요. 해변에 다다라 부서진 직후 제집으로 돌아갈 때 모래도 함께 가져가시죠. 양심은 있어서 다음에 돌아올 때 다시 슬쩍 내놓죠."

　그녀는 한 편의 익살스런 동화를 듣는 것 같아 빙그레 웃었다. 남자는 포말에 쓸려가는 모래를 보며 말을 이었다.

　"바다와 육지는 서로 공평하게 모래를 주고받는 것 같지만 그 때문에 예상치 못한 파도가 일어나기도 해요."

　그렇게 주고받은 모래가 바닷속에 쌓여 뜻하지 않게 파도의 성질을 변화시킨다고 했다. 이곳에 급기류가 생기는 것도 그 때문이라는 남자의 말을 그녀는 조용히 들었다.

　"파도와 모래는 언제나 서로 대치해서 끝없는 충돌을 일으켜요. 얼핏 어느 편도 이기지 못하는 싸움을 반복하고 있는 것처럼 보이지요."

　그 반복은 늘 같아 보여도 전혀 다른 것이라고 남자는 말했다.

　"그 경계에 뛰어드는 사람들이 서퍼들이지요."

　그녀는 남자의 시선을 좇았다. 여자가 파도를 타고 바다에서 돌아오고 있었다. 한 무리의 서퍼들이 뒤를 이었다. 바다에서 내도록 여자를 뒤쫓던 무리였다.

"저 친구들이 올해도 왔군."

남자가 유심히 그들을 보았다. 여자가 이쪽을 향해 손을 흔들었다.

어느새 먹구름이 걷히고 수평선 위로 노을이 졌다. 태풍 전야의 바다는 아름다운 빛으로 물들고 있었다.

"나는 저 바다에 내 모든 것을 잃었소."

붉게 물들어가는 바다를 보며 남자가 입을 열었다. 해양 기류를 연구하고 있었는데 파고와 조류, 지형, 조수를 측정해 사구의 생멸, 즉 해변의 변화 과정을 연구하는 중이었다고 했다. 여러 열도를 찾아다니며 파도와 강렬한 조류에 관한 내용을 기록하고 있었다고 했다.

"그 일은 배리어 열도의 기원을 추적하는 일이기도 했습니다."

그녀는 남자의 말을 제대로 알아듣지 못했지만 고개를 끄떡였다.

"그곳은 사구가 넓고 유난히 일몰이 아름다운 해변이었소. 태풍을 앞두었지만 우리 가족은 그 풍경을 즐기며 한가롭게 시간을 보냈지요."

그녀는 남자가 자신의 이야기를 하는 이유가 수평선 너머로 떨어지는 노을 때문일 거라고 생각했다.

"가족을 인근 숙소로 보낸 뒤 저는 기구를 챙겨 바다가 훤히 보이는 언덕으로 올라갔지요. 그곳에서는 사구를 향해 밀려오는 파도의 양상을 한눈에 목격할 수 있으니까요."

언덕에 자리를 잡고 해안을 바라보았을 때였다고 했다.

"예측하지 못한 거대한 파도가 해안가로 몰려오고 있었습니다."

파도는 쇄소의 방어선인 배리어 열도를 할퀴고 해안을 향해 달려들고 있었다고 한다.

"인근 해안을 모두 휩쓸고 가버렸습니다. 그처럼 거대한 파도는 지금껏 본 적이 없었죠."

잠시 말을 잇지 않던 남자는 모든 것을 잃고 바다로부터 도망쳐 다녔노라고 말했다.

"다시 바다로 돌아오기까지 시간이 꽤 걸렸습니다."

그녀는 자신도 모르게 눈물을 흘렸다. 남자는 당황한 듯 일몰 탓에 신세 한탄을 하고 말았다고 허탈하게 웃었다.

"곧 녀석이 몰려올 거요."

남자가 자리를 털고 일어났다.

바다를 향해 셰퍼드가 짖어대고 있었다. 밤새 바람이 거세게 불었다. 그녀는 객실 창문을 열었다. 회색 구름은 어느새 더 짙어지고 비까지 내렸다. 바다는 이미 전날과 다른 모습이었다. 남자가 바람에 흔들리는 파라솔을 접고 있었다. 다른 대여점들도 강풍에 대비해 진열된 보드를 가게 안으로 옮겼다. 보드 대여점 앞에는 몇몇 서퍼들이 바다를 살피고 있었다. 여자는 보이지 않았다. 그녀는 지하 식당으로 내려갔다.

누군가 불도 켜지 않은 채 식탁 의자에 쭈그리고 앉아 무언가를 먹고 있었다. 흐릿한 어둠에 묻힌 몸은 성별을 가늠하기 어려웠다. 떠도는 사람이 들어와 몰래 밥을 먹는가 싶었다. 그녀는 나가려다 불을 켰다. 여자였다. 식탁으로 다가가자 여자는 반찬도 없이 플라스틱 볼을 앞에 두고 밥을 먹고 있었다.

"이렇게 먹어두지 않으면 못 버텨요."

출전을 앞둔 전사처럼 말하고 있었지만 음식은 조촐하기 그지없었다.

"이런 풍랑에 나가려고요?"

여자는 대답 대신 숟가락을 내밀었다.

"같이 먹을래요?"

여자가 물었다. 그녀는 식탁에 마주 앉았다. 그릇에 담긴 음식은 전날 그녀가 남긴 오믈렛과 냉장고에 남아도는 음식을 모두 섞은 것 같았다.

"살짝 쉬지 않았어요?"

비빔밥을 한 숟가락 떠서 입에 넣던 그녀가 물었다. 여자가 그릇을 들어 냄새를 맡았다.

"이 정도는 괜찮은데."

여자는 아무렇지도 않게 마저 밥을 먹었다. 그녀도 숟가락을 놓지 못했다. 오랜 시간 그렇게 살아왔는지 여자는 그릇을 깨끗이 비우고 자리에서 일어났다.

"거북했을 텐데, 이렇게 같이 먹어준 사람은 그대가 처음이에요."

여자는 익살스럽게 한쪽 눈을 찡그렸다. 그때 남자가 비에 흠뻑 젖은 채 식당으로 내려왔다.

"바깥의 서퍼들 말이오, 이런 날씨에 또 바다에 들어갈 모양인지, 빌어먹을 자식들."

여자가 남자의 시선을 피해 밖으로 나가버렸다. 그녀는 식빵 두 개를 토스트기에 넣었다. 빵이 튀어 오르는 소리에 놀란 남자가 무안한지 커피를 내렸다. 그녀는 식빵에 딸기잼을 바르고 바나나를 썰어 넣은 뒤 시나몬 가루를 듬뿍 쳤다. 남자는 오믈렛을 먹던 시간과는 달리 아무 말 없이 토스트를 먹었다.

"너무 달군요."

그러면서도 남자는 토스트를 다 먹었다.

풍랑이 이는 바다에 서퍼들이 보드를 띄우고 있었다. 어제 그 서퍼들이었다. 그중에 여자도 끼어 있었다. 그녀는 자신도 모르게 해안가로 뛰쳐나갔다.

"미친 자식들!"

뒤늦게 그들을 발견한 남자가 바다를 향해 뛰어왔다.

"당장 나와요!"

남자가 소리를 질렀다.

"당장 나오란 말이오!"

남자의 목소리는 절규에 가까웠다.

파도는 점점 더 거칠어지고 있었다. 여자는 쉴 새 없이 패들링을 하며 파도를 거스르고 있었다. 다른 서퍼들도 여자 뒤를 따라붙었다. 파도가 한차례 밀려오며 서퍼들의 보드가 뒤집혔다. 여자도 더 이상 바다로 나아가지 못했다. 눈으로 읽을 수 없을 만큼 파도가 불규칙하게 몰아쳤던 것이다. 바다에 빠진 서퍼들이 안전줄과 연결된 보드를 재빨리 잡아챘다. 그들이 보드에 다시 오른 것은 파도가 한차례 해안으로 밀려갈 때였다. 보드에 올라탄 그들은 필사적으로 팔과 다리를 움직이며 물살을 견뎠다. 그녀는 여자가 흐릿한 시계 속에서도 바다 끝에서 밀려오는 파도를 읽고 있는 것을 보았다.

파도가 다시 밀려왔다. 여자가 보드의 방향을 재빠르게 바꾸었다. 서퍼들도 필사적으로 팔과 다리를 움직이며 보드의 방향을 바꾸었다. 파도가 목전으로 닥쳐오기 직전 그들은 기필코, 파도에 올라타야 할 것이다.

남자는 움직이지 않고 바다를 노려보고 있었다. 여자가 패들링을 하며 방향을 바꾸자 다른 서퍼들도 파도를 타려고 필사적으로 팔과 다리를 휘둘렀다. 파도가 머리를 쳐드는 순간 여자가 상체를 일으키며 보드 위에 올라섰다. 파도의 머리가 공중으로 치솟으며 포말을 일으켰다. 여자가 그 안으로 휩쓸려 들어간 것은 순간이었다. 서퍼들은 파도의 끝 부분에 뒤섞여 있었다. 그녀는 자신도 모르게 모래 위에 주저앉았다.

제이는 그 파도 끝으로 사라졌다. 깊고 잔잔한 바다에 그런 거대한 파도가 일 거라고 예측한 사람은 아무도 없었다. 위험이라고는 도사리고 있지 않을 것 같은, 더없이 깨끗하고 투명해 보이는 파도였다. 날카롭게 올라가는 파도의 머리와 그 안으로 만들어지는 동굴 같은 태초의 물길. 그녀는 그토록 맑고 아름다운 파도는 처음이었다. 불경하게도, 그 순간 그녀가 왜 그리 넋을 놓고 말았는지. 그곳으로 들어간 제이는 돌아오지 않았다.

'제발! 돌아오란 말이에요!'

그녀는 기도처럼 간절하게 읊조렸다. 그때였다. 포말과 함께 해안으로 밀려오는 파도에 여자가 실려 있었다. 여자는 재빠르게 보드 위에 올라 다시 파도를 잡아탔다. 서퍼들도 한풀 꺾인 파도에 필사적으로 올라탔다.

물에서 빠져나온 서퍼들이 서둘러 해안으로 올라왔다. 여자가 파랗게 질린 얼굴로 입술을 떨면서 겨우 웃어 보였다.

"지상에, 그토록 간절하게 나를 부르는 사람들이 있다니, 나쁘지 않은 걸요."

여자가 발목에서 안전줄을 풀며 말했다. 주저앉아 있는 그녀를 일으켜 세운 것은 여자였다. 안도의 뜻인지 남자가 아무 말 없이 앞서 걸었다.

남자는 셰퍼드를 앞세워 구리 광산이 있는 봉우리 쪽으로 걸음을 옮겼다. 그녀는 여자와 함께 그 뒤를 따랐다. 산모퉁이를 돌자 산기슭을 향해 좁은 길이 나 있었다. 길에는 때늦은 야생 들국화가 듬성듬성 피어 있었다. 얼마쯤 올라가자 가파른 길이 나왔다. 구리 광산은 거대한 바위 사이에 있었다. 남자는 바다를 향해 나 있는 동굴 입구로 들어갔다. 동굴은 깊지 않았고 광맥이 흘렀다고 생각하기 어려운 형태로 있었다. 여자가 푸르스름한 색의 바위를 손으로 가리키며 그게 구리일 거라고 했다. 동굴로 흘러든 물줄기 때문에 생긴 이끼 자국일지도 몰랐다. 해무가 올라오는 습한 지역이라 늘 이끼가 마르지 않을 것 같았다. 여자는 동굴을 둘러보며 흔한 바위에도 의미를 부여하며 탄성을 뱉어냈다. 바다에서 보드를 타며 사투를 벌이던 때와는 사뭇 달랐다.

"저게 뭐예요?"

여자가 들뜬 목소리로 동굴 한쪽에 놓여 있는 기구를 가리켰다. 남자는 파고와 조류를 관찰하는 기구라고 했다. 그녀는 남자가 종종 이쪽으로 사라지는 이유를 이제야 알 것 같았다. 남자가 준비한 커피를 따라 그녀와 여자에게 내밀었다.

그녀는 커피를 들고 바다를 보고 앉았다. 바다는 언제 그랬냐는 듯 더없이 고요하고 평온해 보였다.

"어쩌면 저렇게 천연덕스러울 수가 있을까요?"

여자가 미운 사람을 보듯 바다를 흘겨보며 그녀 곁에 앉았다. 한 무리의 서퍼들이 다시 바다로 가고 있었다.

"이곳에서 바다를 보는 일은 고통이었소."

셰퍼드가 조용히 다가와 남자 곁에 앉았다.

"녀석이 어떻게 알고 늘 먼저 따라나서더군요."

이름이 태풍이라고 했다.

"밀갰듯이 이 녀석은 수심이 깊어 해면이 상승해도 잘 알아채지 못해요."

그 때문에 갑자기 큰 파도가 일기도 한다고 했다. 남자는 매번 이곳에 와서 관측을 해도 늘 예상이 빗나간다고 했다.

"그럼 저 바다 끝 어디쯤에 배리어 열도가 있다는 말이네요. 온몸으로 파도를 막고 있다는 그 섬 말이에요."

여자가 불현듯 떠올랐는지 지금도 섬이 움직이고 있겠네요, 라고 말했다. 그러고는 그녀에게 언제 떠나느냐고 물었다. 그녀가 머뭇거리자 무료로 보드 강습을 해주겠다고 다시 제안을 했다.

수평선 멀리 배 한 척이 떠 있었다. 멈추어 있는 듯 보여도 조금씩 움직이고 있는 게 느껴졌다. 태풍이 한두 차례 더 온다 하니 여자는 쉽게 이곳을 떠나지 않을 것이다. 돌아오는 길에 그녀는 야생 들국화 몇 송이를 꺾었다. 제이가 사라진 바다에 꽂는다면 좋아할 것 같았다.

궁핍하여라

처음 집을 보러 왔을 때 주인 여자는 따뜻한 집이라고 했다. 엄마는 집이 밝아 그녀의 비염이 좀 나아질 거라고 했다. 조금만 살펴보면 해가 잘 드는지 알 수 있다지만 그녀는 그런 구별을 할 줄 몰랐다. 그녀는 창문의 커튼을 젖히고 젖은 머리를 수건으로 닦아냈다. 앞머리를 헤어롤로 감는데 사진에 붙어 있는 먼지가 눈에 들어왔다. 햇빛 때문에 유독 먼지가 눈에 잘 띄었다. 그녀는 창문을 열고 액자의 먼지를 털어냈다. 그때는 왜 수영복이 한결같이 파란색이었는지, 액자를 해 넣어도 색이 바래가고 있었다. 그래도 머리에 쓴 왕관만큼은 지금도 빛이 났다. 참가자 중 가슴 성형을 하지 않은 사람은 손에 꼽을 정도였다. 심사위원으로 참석한 지역 방송사 사장 눈에 띄어 광고도 제법 찍었다. 첫 광고료는 미용실 원장이 시내 중심으로 가게를 옮기는 데 보탰다. 요즘 애들 같지 않게 어디 한 군데 손댄 구석이 없다며, 단박에 그녀를 알아보았었다. ㄱ 많은 사람 중에서 처음으로 그녀를 알아봐준 사람이었으니 아깝지 않았다.

과테말라산 원두를 내려 마시고 그녀는 출근을 서둘렀다. 곧 점장이 집 앞에 도착할 거였다. 화장을 마치고 옷을 갈아입는데 누군가 현관문을 두드렸다.

'요즘같이 험한 세상에 아무나 문 열어주면 안 돼요.'

전날 집 앞까지 따라온 점장이 현관문 손잡이를 돌려보며 주의를 주었다. 동네가 외져서 손을 타기 쉽다는 것이다.

"누구…… 세요?"

그녀가 조심스럽게 물었다.

"나야 아가씨. 위층."

주인 여자였다. 그녀는 월세가 밀렸는지 잠시 셈을 해보았다. 늦었지만 계좌로 보낸 기억이 떠올랐다. 문을 열기 전 그녀는 습관적으로 거울 앞에 섰다. 눈썹을 번번이 짝짝이로 그려서 문신을 했는데 여전히 한쪽이 기울었다. 그녀는 잠금 장치를 풀고 현관문을 열었다.

"있었네. 기척이 없기에 그냥 갈까 했지."

주인 여자가 대뜸 안으로 들어왔다. 알록달록한 월남치마 밑으로 작은 발이 반달을 그리며 나와 있었다.

"이사 들어올 때 언뜻 사진을 봤는데, 미스코리아 출신이 맞네?"

여자가 벽에 세워놓은 대형 사진과 그녀를 번갈아 쳐다보았다.

"어머니가 고우시던데 엄마를 닮았나 봐."

안을 살피고 섰던 여자가 식탁 의자에 앉았다.

"얼마 전에 구급차에 실려 가시더니, 어머니는 좀 어때요?"

"돌아가셨어요."

"아이고 이런."

그날 상복을 입고 집에 잠시 들렀다. 입관을 앞두고 뭐라도 넣어주고 싶어서였다. 너무 느닷없이 돌아가시는 바람에 걸리는 게 많았던 것이다. 이삿짐을 풀다가 미스부산 미라고 적힌 어깨띠를 발견했는데 엄마가 버리지 않고 챙겨 왔던 것 중 하나였다. 벌써 십 년도 더 된 그 띠를 수의를 입고 누워 있는 엄마 가슴에 올려주었다. 입관을 하던 남자는 미스부산 미라는 글자와 그녀를 번갈아 보다가 슬프시겠어요, 라고 낮은 목소리로 위로를 했다. 납골당 뒷산에서 뻐꾸기가 울어댔다. 그녀는 그 소리에 끌려 그만 넋을 잃고 한참을 울었다.

"근데 왕관에 박힌 게 진짜 다이아몬드예요?"

그녀는 굳이 모조 왕관이라고 말하지 않았다. 진도 아니고 선도 아닌 미의 왕관인데 그걸 모르고 묻는 거 같지 않았다.

"어디 일반 사람이 평생 왕관 쓸 일이 있겠어?"

그녀를 보는 순간 빛이 나더라고 했다. 어렸을 때부터 들어왔던 소리였으니 그 말은 진심이리라 믿고 싶었다.

"궁금해서 그런데, 왕관을 개인한테 다 주나?"

그녀는 반납했다고 했다. 그런 거나 묻자고 이른 아침에 내려오지는 않았을 것이다. 그녀는 시계를 보았다. 점장이 올 시간이 다 되어갔다. 마지못해 차라도 한잔하겠느냐고 물었다.

"주면 좋지."

그녀는 커피를 머그잔에 따라 내밀었다.

"번거롭게 내가 아침부터 괜히 내려와서 주책이네."

머그잔을 집어 들며 여자가 슬쩍 입 꼬리를 올렸다.

"커피가 맛있네. 집은 따뜻하지요?"

창 쪽으로 해가 들고 있었기에 아니라고 말하지 않았다. 시장이 가까워 장보기도 편하고 교통도 좋은 편이라고 했다. 그러면서 여자는 이 동네가 얼마나 살기 좋은지를 늘어놓았다.

"출근해야 되는데, 무슨 용건이라도 있으신지요?"

"어머 일 다녀요? 내가 좀 주책이지."

여자가 주춤거리며 일어날 기미를 보였다.

"저기, 요 앞 공터에 믹서기 내놓았던데, 아가씨 거 맞지?"

엄마가 돌아가시고 나서 구질구질한 물건을 챙겨서 버렸다.

"네."

"이 동네에 그런 걸 버릴 사람이 없는데, 내가 그렇지 싶더라고."

142

여자가 반색을 하며 다시 의자에 앉았다.

"멀쩡한데, 뚜껑이 없네. 혹시 있나 해서."

여자 말처럼 그리 멀쩡한 믹서기는 아니었다. 이사 다니면서 몇 번이나 버리려고 했는데 엄마는 그러지 못했다.

"찾아볼게요."

그녀는 마지못해 대답을 했다. 왜 뚜껑을 같이 버리지 않았는지 그녀도 모를 일이었다.

"아침에, 아들 뭐라도 갈아주려는데 그게 없네."

여자는 뚜껑을 내주지 않으면 물러서지 않을 듯 시선을 분산하며 꿋꿋하게 앉아 있었다.

"제가 지금 출근을 해야 해서요."

그녀가 핸드백을 어깨에 메고서야 겨우 여자가 일어났다.

"머리에 찍찍이도 안 풀고 출근할 모양이네. 요즘 그게 대세라더만."

귀찮아하는 그녀의 속내를 훤히 들여다본 듯 그렇게 말하고 여자는 올라가버렸다.

점장은 정확한 사람이었다. 정확한 시간에 도착했고 정확한 시간에 그녀를 집 앞에 내려주었다. 직원과 밥을 먹을 때에도 정확하게 자기 몫만큼 밥값을 냈다. 그녀는 키가 작은 그를 위해 굽 낮은 구두를 챙겨 신은 뒤 공터로 갔다. 점장의 차가 이미 도착해 있었다. 차에 오를 때 그녀는 주인 여자가 계단에 서서 그녀 쪽을 지켜보고 있는 것을 보았다. 위층 계단에 가려 반쯤 보이는 여자의 월남치마가 눈에 거슬렸다.

엄마도 한때 그런 치마를 여름에는 홑겹으로, 겨울엔 담이 들어간 것으로 입고 다녔다. 팔짱을 끼고 부지런히 동네를 누비며 돈을 꾸러 다녔는데, 그 돈으로 그녀를 미인대회에 출전시켰다. 돈을 아쉽지 않게 빌린 것도 모녀가 '세싱 예쁜 얼굴을 하고' 있었기 때문이다. 가전제품 수리점, 자전거 대리점, 보일러 수리점 등, 엄마가 돈을 빌리는 곳은 다양했다. 그녀가 미스코리아 부산 미로 당선된 이후 동네 사람들한테 진 자질구레한 빚 일부는 갚고 일부는 이사를 하며 떼어먹었다. 찾아와 행패를 부릴 정도의 금액이 아니라며 엄마는 부끄러운 일이 아니라고 했다. 그 뒤로 엄마는 더 이상 그 치마를 입지 않았다.

지하 4층 매장에 들어선 점장이 공기청정기를 먼저 켰다. 넓은 매장의 공기를 맑게 하기에는 턱없이 작은 용량이었다.

"제가 코 쪽이 좀 예민해요."

점장은 코와 목 어디쯤에서 끌어올리는 겔 소리를 자주 큼큼거렸다.

"비염이 고질이에요."

점장이 손가락으로 코끝을 훑어 내리며 말했다. 그녀에게 목소리가 애교스럽다고 하기에, 알레르기가 있다고 말한 뒤였다. 점장은 어디선가 공기청정기를 끌어왔고, 자신도 같은 부위를 앓고 있다는 것을 송송 상기시켰네.

없던 시절에 음지가 그나마 싸서 들어가 살다보니 곰팡이 때문에 고질병을 얻게 했다고 엄마는 늘 마음에 걸려 했다. 오뚝한 그녀의 코가 약간 언 것처럼 다소 붉게 보여 사람들이 종종 코를 했냐고 물었다. 아니라고 말하면 꼭 한 것처럼 예뻐지는 말을 덧붙였다.

"그래도 주차장이랑 가까운 거 하나는 좋아요."

점장이 지난해 유행하던 점퍼를 진열하다 그녀에게 눈을 맞추며 말했다. 그 옷들은 70프로나 세일을 해도 하루에 팔려나가는 수량은 얼마 되지 않았다. 그녀는 균일가로 파는 와이셔츠를 치수별로 진열대에 꽂았다.

"미숙 씨는 이런 데서 이럴 분이 아닌데."

굳이 옷을 입혀달라는 남자 손님에게 세 번째 옷을 입히고 있을 때였다. 점장이 그녀를 안쓰럽게 쳐다보며 말을 흘렸다. 남자가 바지 한 벌을 골라 피팅룸으로 들어갔다. 잠시 뒤 피팅룸에서 나온 남자가 그녀에게 바지 허리춤을 내보이며 치수가 맞겠느냐고 자꾸 물었다. 그때 점장이 나서서 남자의 허리춤에 손을 찔러 넣고 힘껏 잡아당겼다.

"딱 맞네요. 사장님!"

점장 앞으로 당겨 들어간 남자가 얼굴을 찡그렸다. 피팅룸에서 옷을 벗고 나온 남자가 마지못해 바지를 사겠다고 했다.

"잘 입으세요."

그녀가 쇼핑백에 바지를 담아 남자에게 건넸다.

"내가 자주 오는데, 왜 여길 못 봤지?"

남자가 뒤를 몇 번이나 돌아보며 아쉬운 듯 매장을 나갔다. 그렇게 다시 온 사람을 밖에서 만났을 때 그들은 왜 당신을 못 봤지, 라고 말하곤 했다.

"매니저 대우를 해줘야 하는데 미숙 씨도 일다시피 지금 시기가 적절하지 않아요."

주차장 쪽으로 걸어가는 남자에게서 눈을 돌리며 점장이 말했다. 그 이유를 그녀도 충분히 알고 있었다. 유부남과 놀아난 죄를 샅샅이 밝혀낸 사람은 D매장 매니저였다. 아내를 따라 명품 매장에 왔다가 혼자 다시 찾아왔기에 몇 번 만났다. 나중에 알고 보니 D매장 매니저 형부였다. 그녀를 만나는 것 자체가 삶의 위로가 된다는 그에게 매장의 가방을 선물로 받았다. 금품수수 따위의 죄목은 힘쓰는 공무원들에게나 해당하는 것이었다. 그게 뭐 그리 대수라고 그런 거창한 죄목을 붙이는지 지금도 이해되지 않았다. 매장에서 그의 아내에게 머리채를 잡힌 날 매니저는 이러고도 나오겠냐고 노골적으로 물었다. 하지만 달리 할 줄 아는 일이 없었다. 다음 날 출근을 해보니 다른 여직원이 와 있었다. 그때 손을 내밀어준 사람이 지금의 점장이었다. 직원들과 부딪힐 일이 별로 없는 외지고 구석진 자리를 두고 시비를 거는 사람은 없었다.

지하 4층에, 집으로 돌아가는 고객들을 마지막으로 한 번 더 잡기 위해 마련한 이벤트 매장이었다. 주로 이월상품을 팔

앗는데, 남성복 이외에 숙녀복과 아동복도 같이 있었다. 출입구 쪽에 어중간하게 남은 공간이 총괄 실장의 눈에 띄었던 모양이었다. 꽃을 팔다가, 잡화를 팔다가, 그래도 공간이 남아 기획한 자리였다. 꽃집과 잡화점은 한 층 아래로 내려갔다, 점장과 선후배 관계인 총괄실장은 그런 공간을 지금까지 썩혔다는 게 아쉽다고 했다. 매의 눈으로 샅샅이 자투리 공간을 훑고 다닌 끝에 실적 하나를 올린 것이다. 점장은 자청해서 그녀를 데리고 이벤트 매장으로 내려왔다.

"여기 좀 앉아요."

점장이 작은 의자를 매대 안에서 끌어냈다. 근무 중에 의자에 앉는 것은 금기 중의 금기였다. 그녀는 의자를 벽에 밀어 몸을 기댔다. 휴대폰을 열어보니 목련이 피기 시작했다는 기사가 첫머리로 올랐다.

전에 살던 집 앞에 목련나무가 한 그루 서 있었다. 어쩌다 전세금의 반을 날린 뒤 이사한 집이었다. 엄마가 믹서기를 버리러 나갔다가 다시 들고 들어왔다.

"미친년 치마폭처럼 잠깐 펄럭이다, 그것도 가장 추운 날씨에 허망하게 떨어져서는, 저 꼴이 뭐라니."

엄마는 믹서기를 식탁 한쪽에 도로 내려놓으며 한숨을 쉬었다. 그녀가 믹서기는 왜 안 버리고 왔느냐고 묻자 엄마는 얼어 죽은 목련꽃 말이다, 라고 엉뚱한 대답을 했다.

"다 좋은데 햇빛 볼 일이 없는 게 좀 아쉽죠."

손님이 끊긴 오후 무렵이었다. 중간 매출 점검을 하던 점장이 밖을 망연히 내다보며 말했다.

"이렇게 밝은데, 해가 뭐가 아쉽겠어요."

실내등이 모두 켜진 천장을 보며 그녀는 그렇게 말했다.

"미숙 씨는 휴무일에 뭐 하고 지내요?"

"그냥 집에 있어요."

"아깝게 그 시간을요?"

전표를 추리던 점장이 과장되게 목소리를 높였다.

"비염만 아니라면 벚꽃 구경이라도 가면 좋을 텐데, 꽃가루 날리기에는 이르죠? 아직 사월도 안 됐는데."

"저는 꽃가루 알레르기는 아니에요."

은연중에 점장의 속내를 질러 답한 꼴이 되어버렸다.

"봄바람이라도 쐬면 좀 나으려나요."

점장이 다시 코를 추켜올렸다. 그녀는 진해에 벚꽃이 피기 시작했다는 점장의 말을 거북하지 않게 들어 넘겼다. 명품 매장에 있을 때 어쩌다 점장과 마주치면 사람에 대한 깊은 겸손에서 나오는 순한 눈으로 그녀를 보곤 했다. 백화점에서 판매직으로 있다 보면 겸손이 몸에 배든가 아니면 아니꼬움이 속에 배든가 둘 중 하나였다. 점장은 볼품없어 보이는 외모와 달리 그녀의 시선을 피해 목례를 하는, 예의가 몸에 밴 사람이었다.

"언니!"

저녁 무렵 미스 안이 매장으로 들어섰다. 창고에 재고 파악하러 가다가 들렀다고 했다.

"점장님! 우리 미숙 언니 괴롭히면 안 돼요."

미스 안이 애교 섞인 목소리로 말했다.

"안요, 제가 그럴 리가 있겠습니까. 미숙 씨 잠깐 바람 쐬고 와요. 모처럼 미스 안도 왔는데."

그녀는 미스 안과 휴게실 옆에 딸린 흡연실로 들어갔다. 1층 명품 매장은 다들 잘 지내느냐고 묻자 그녀만 안 나타나면 된다고 말하고서는 농담이라고 얼버무렸다. 그녀가 남성복 매장의, 성실하지만 주목받지 못하는 점장과 지하 4층 이벤트 매장으로 내려온 뒤 더 이상 트집은 잡지 않았다고 했다.

"몰라, 언니가 여기 있는 것 자체가 그냥 아니꼬운가 봐. 얼굴 예쁜 죄지 뭐."

미스 안은 그녀에게 그냥 확 살이라도 찌워버리라고 말했다. 그녀들은 얼마 전 엄마 장례식장에 몰려와 조의금도 내고 슬픈 표정을 짓다 육개장 한 그릇씩을 비우고 돌아갔다.

"언니는 어쩜 그리 상복도 잘 어울리는지. 오죽하면 D매장 언니가 슬쩍 사진까지 찍었을라고."

그 말은 틀린 말이었다. 페이스북에 눈이 퉁퉁 부은 그녀의 맨얼굴 사진을 대문짝만 하게 올려놓았다. '상갓집에 왔어욤' D매장 매니저가 환하게 웃으며 손으로 브이를 그리고 있었다. 그녀보다 두세 살 위라고는 하지만 네다섯은 아래로 보였다. 조문을 와준 그녀들에게 밥이라도 사야 하는데, 시간을 맞추지 못했다.

"또 뒷말 나기 전에 빨리 한턱 쏘고 치워버려."

미스 안은 언니들과 약속을 잡아보겠다며 매장으로 올라 갔다. 매사 미스 안은 거침이 없다. 죽고 싶나고 말더\n민 마고 그냥 죽어버려, 라고 말할 거였다. 퇴근 무렵 아내의 전화를 받은 점장이 퇴근을 서둘렀다. 따로 가도 되는데, 굳이 그녀를 차에 태웠다.

집 앞 공터에 그녀를 내려준 시간도 전날과 같았다.

"아무나 문 열어주지 말아요."

점장은 진심으로 걱정된다는 듯 정성을 담아 당부했다.

"걱정 말아요, 점장님."

점장은 고개를 빼고 한참이나 그녀를 지켜본 뒤 차를 돌렸다.

그녀는 현관에서 신발을 벗으며 내일은 좀 더 굽이 높은 구두를 신어야겠다고 생각했다. 바닥을 맨살로 딛는 것 같아 불편했던 것이다.

"아가씨 있어요?"

그녀가 씻고 나올 때였다. 주인 여자가 문을 두드렸다. 그녀는 가운을 걸치고 머리에 수건을 둘러쓴 뒤 문을 열었다.

"씻고 있었나 보네, 아가씨."

여자가 또 안으로 들어와버렸다.

"아가씨, 눈썹 문신은 어디서 했어요?"

그녀의 맨얼굴을 빤히 쳐다보던 여자가 대뜸 물었다. 그녀가 다니는 단골이 있었다.

"약간 삐뚤구만. 그리고 그렇게 약하게 하면 금방 빠져요. 난 몇 년 선에 했는데, 봐요, 색도 잘 안 빠지면서도 얼마나 자연스러운지."

여자가 얼굴을 들이밀었다. 그녀는 여자의 눈썹을 쳐다보았다. 인정하고 싶지 않았지만 여자의 말이 맞았다. 여자가 말하지 않았더라면 눈썹 문신을 한 줄 몰랐을 것이다.

"요 앞 사거리 족발집 있지요. 그 옆에 있는 미용실이 잘해요. 가격도 싸고."

여자는 지금까지 수십 년 파마를 해왔지만 그 원장 솜씨가 제일 낫더라고 했다.

"원장이 예전에 시내에서 미용실을 크게 했다네. 미스코리아도 몇 명 만든 모양이던데."

지금 다니는 미용실 원장도 그녀를 좀 더 일찍 만났더라면 아낌없이 밀어줬을 거라고 몇 번이나 아쉬워했다. 그녀는 원장에게 자신이 거기 출신이라는 말을 아직 하지 않았다.

"내가 여기 산 지 서른두 해째인데, 아가씨처럼 미스코리아 출신은 처음 보네."

그러면서 믹서기 뚜껑은 찾았냐고 물었다.

"제가 바빠서 아직."

"아이고."

아직 뚜껑을 찾아놓지 않았냐는 듯 질책의 시선이 노골적으로 쏟아졌다. 그녀는 찾아보니 없더라는 거짓말을 왜 먼저 하지 못했나, 잠시 후회가 일었다.

"아침에 커피 맛있던데, 한잔 마시고 올라갈까?"

"커피가 떨어졌네요."

"그럼 물이라도."

시계가 열한시를 넘기고 있었다. 그녀는 생수병에서 물을 따라 여자 앞에 내놓았다. 물 한 잔을 두고 여자는, 아들이 둘인데 하나는 서울에 있는 대기업에 취직해 있고 작은아들은 부산 국립대에 다니며 남편은 공무원이라는 말을 늘어놓았다.

"작은아들이 위가 안 좋아 양배추라도 갈아주려는데, 그게 없네."

여자는 지금이라도 찾아보라는 듯 눈에 힘을 주고 있었다.

"그냥 하나 사세요."

"그게 뚜껑만 있으면 되는데."

"제가 지금 할 일이 있어서요."

"밤에도 일해?"

반말을 섞어가며 하는 여자의 말이 그녀의 신경을 곤두서게 했다.

"네."

이제 가달라고 할 참이었다.

"내가 주책이지."

드디어 자리에서 일어나던 여자가 갑자기 그녀를 올려다보았다.

"근데 코는 했어요?"

"아니요."

"야쿠르트 아줌마 알지? 그 여자가 아무래도 한 거 같다고."

더 이상 여자와 말을 섞고 싶지 않아 대꾸를 하지 않았다.

"나는 아니라고는 했는데, 자꾸 묻네."

그녀가 대답을 하지 않자 진짜 안 했느냐고 다시 물었다.

'네, 네, 했어요, 했다구요!'

되는대로 그렇게 말하고 여자를 내보내고 싶었다. 그녀는 다시 입을 다물었다.

"그나저나 뚜껑이 어딘가 있을 텐데."

그녀의 침묵을 수긍 쪽으로 읽었는지 여전히 의심을 품은 얼굴로 여자가 가버렸다. 그녀는 잠금장치 두 개를 소리 나게 잠갔다.

'도대체 믹서기 뚜껑이 뭐라고.'

오기가 뻗친 그녀는 싱크대 수납장을 열고 뚜껑을 찾기 시작했다. 다 버렸다고 생각했는데 구질구질한 물건들만 손에 들려 나왔다. 아무리 뒤져도 뚜껑은 보이지 않았다.

아직 차가운 기운이 코끝을 스쳤다.

"미숙 씨, 바람이 좋아요."

운전석 유리문을 열고 점장이 왼손을 밖으로 냈다.

"남천동보다 진해가 낫겠죠."

"아무데나 좋아요."

남천동 근처에 점장 집이 있다는 걸 알면서 그녀는 그렇게 대답했다. 차는 이미 진해 쪽을 향해 달리고 있었다.

"그래도 꽃가루가 덜 날릴 때, 가보는 거죠. 햇볕도 실컷 쬐고요."

그녀가 눈을 떴을 때 차는 진해 입구에서 꼼짝하지 않고 서 있었다.

"피곤했나 봐요, 미숙 씨."

점장은 고작 바지 하나 사면서 그녀 곁에 들러붙어 있던 손님을 들먹였다. 이 좋은 날씨에 그녀가 졸고 있는 것이 모두 그런 일 때문인 양 마음을 썼다. 주인 여자가 다시 찾아온 것은 어젯밤이었다. 찾아보니 없더라는 말을 했더니 다시 찾아보라고 했다. 마치 자신의 물건처럼 없을 리가 없다고 확신을 했다. 그러고는 새벽 여섯시에 다시 문을 두드렸다. 그녀는 문을 열어주지 않았다. 여자는 집요하게 문을 두드리다 돌아갔다. 그 뒤로 여자가 언제 다시 내려올지 몰라 잠을 설쳤다.

"아직 꽃도 피지 않았는데 차가 왜 이리 막힌담."

점장이 클래식 채널을 틀었다. 차는 언제나처럼 깨끗했고 차 안의 방향제 냄새도 향긋했다. 심상은 심끼시 끼밑어질 사람은 아니었다. 닥스 머플러와 몸에서 나는 보닌 향수 냄새도 좋았다. 비염 때문에 큼큼대는 소리만 좀 거슬릴 뿐이었다.

"미숙 씨 배고플 텐데 장어구이라도 먹으러 가죠."

점장이 정작 벚꽃거리에 진입도 하지 못하고 갓길로 차를 뺐다. 강변을 따라 늘어선 장어집 중 차가 몇 대 서 있지 않은 곳에 주차를 했다. 그곳에 목련나무 한 그루가 해를 듬뿍 받으며 서 있었다.

"아직 이른데 꽃이 활짝 폈네요."

차에서 내린 점장이 휴대폰을 꺼내 벚꽃 대신이라며 만개한 목련꽃을 찍었다.

"미숙 씨도 서봐요."

점장이 손짓을 하며 그녀를 목련꽃 아래로 불러들였다. 그녀는 머리에 꽂은 선글라스를 내려 쓰고 나무 아래로 갔다.

"누가 꽃인지 모르겠네요."

셔터 누르는 소리가 연이어 들렸다.

장어가 맛있게 익어갈 즈음 휴대폰이 울렸다. 점장이 휴대폰을 들고 밖으로 나갔다. 잠시 뒤 자리로 돌아온 점장의 안색이 좋지 않았다. 그녀는 무슨 일이 있느냐고 묻지 않았다. 점장이 장어를 가위로 잘랐다.

"미숙 씨 먹어봐요."

점장이 장어 한 조각을 그녀 접시 위에 올려놓을 때 전화벨이 다시 울렸다. 휴대폰을 들고 나갔다 다시 돌아온 점장의 안색이 더 좋지 않았다.

"점장님, 장어가 맛있네요. 드셔보세요."

"미숙 씨나 많이 드세요."

그녀가 꼬리 부분까지 다 먹고 나자 점장이 일어섰다.

"애가 아프다네요."

그녀는 디저트로 나온 딸기를 하나 집어 들었다. 딸기의 향이 달콤하게 코끝으로 날아들었다.

"딸기가 달아요."

"차 빼놓을게요."

점장이 식당 밖으로 나갔다. 그녀는 남은 딸기를 마저 먹고 자리에서 일어났다.

좀 이른 시간에 출발을 했는데도 차가 많이 막혔다. 저녁 무렵 집 앞에 도착한 점장은 어떤 다짐도 주지 않고 성급히 차를 돌렸다.

주인 여자의 집에 불이 켜져 있었다. 조심스럽게 현관문을 열고 안으로 들어간 그녀는 먼저 소화제 한 알을 챙겨 먹었다. 뭔지 모르게 속이 거북했던 것이다. 그녀는 화장을 지우다 거울을 보았다. 기운 눈썹과 다소 붉게 달아 있는 코끝을 보니 은근히 분한 마음이 올라왔다. 눈썹은 그렇다 쳐도 코는 진짜 내 코라고 주인 여자에게 끝까지 우기지 않은 게 후회가 되었다. 그때 누군가 현관문을 두드렸다. 그녀는 신경질적으로 문 쪽을 노려보았다. 노크 소리가 점점 더 거세졌다.

"미숙 씨, 미숙 씨."

가만히 들어보니 점장 목소리였다.

"미숙 씨, 저예요. 문 좀 열어봐요."

그녀는 조심스럽게 잠금장치를 풀었다. 문이 열리며 한 여자가 신발을 신은 채 거실에 안으로 늘어섰다.

"아무 관계도 아니라니까, 당신도 참."

뒤따라 들어온 점장이 중얼거렸다. 작은 체구의 여자는 성품이 거칠었다. 안으로 들어서자마자 다짜고짜 물건들을 뒤집어엎기 시작했다. 여자는 눈높이로 보이는 모든 것을 뒤집어엎었다. 그녀의 머리채를 잡아채지 않은 것은 단지 그녀의 키가 너무 컸기 때문일 것이다. 찾아올 일이 뭐 있다고, 이 시간에 성급히 달려와 이런 난동을 부리는지, 그녀는 도저히 이해할 수 없었다. 그래도 다행인 것은 그의 아내가 말을 별로 즐겨 하지 않는다는 거였다. 소리라도 질렀더라면 주인 여자가 당장 내려왔을 것이다. 그때였다. 여자가 그녀의 사진 앞으로 우악스럽게 걸어가더니 액자를 들어 올려 바닥에 힘껏 내팽개쳤다. 액자는 순식간에 산산조각이 나버렸다. 여자가, 왕관을 쓰고 환하게 웃고 있는 그녀를 밟고 집을 나간 것은 자정경이었다. 치우기도 겁이 나 그녀는 그대로 침대 위에 쓰러지고 말았다.

다음 날 그녀의 집 앞에 점장은 오지 않았다. 주인 여자도 내려오지 않았다. 그녀는 이사 온 뒤 처음으로 버스를 타고 출근을 했다. 버스 정류장이 멀어 겨우 출근 시간을 맞추었다.

"미안해요. 그런 사이가 아니라고 해도 도통 믿질 않으니."

하루 사이 점장은 부쩍 늙어 보였다. 목련꽃 아래서 찍은 그녀의 사진이 결정적이었다고 했다.

"진짜 미안한데 미숙 씨, 당분간 바깥 내징에 좀 기 있어
요."

잠잠해지면 곧 다시 부르겠다고 했다.

"바깥에 곧 꽃가루도 날릴 텐데."

점장은 꽃가루 알레르기가 아니라는 그녀의 말을 매번 잊었다. 그녀는 점장에게 비염이 좀 나아지고 있다고 말했다. 엄마 말대로 그나마 집에 해가 잘 들어서인지 코가 한결 편해졌던 것이다.

'언니, 괜찮지?'

그녀가 대충 짐을 챙겨 바깥 매장으로 갈 때였다. 미스 안에게서 문자가 왔다. 매장에 소문이 벌써 돈 모양이었다. 조문을 왔던 언니들이 매콤한 낙지볶음을 먹고 싶어 한다고 했다. 점심에 몰려온 그녀들은 소문을 온 숫자보디 더 많은 것 같았다. 사리까지 시킨 그녀들은 전골냄비를 다 비우고서야 자리에서 일어났다. 그러고는 잘 먹었다는 인사치레도 없이 명품 매장으로 가버렸다.

퇴근 후 그녀는 버스를 타고 집으로 왔다. 집 안은 점장의 아내가 뒤집고 간 그대로였다. 그녀는 어필러진 살림살이를

쳐다보다 산산조각 난 액자에 시선이 멈추었다. 귀퉁이가 깨지고 색이 바랜 믹서기 뚜껑이 왜 거기 있는지 모를 일이었다. 그녀는 자신도 모르게 현관문 쪽으로 고개를 돌렸다. 여자가 당장이라도 문을 두드릴 것 같았다. 그녀는 뚜껑을 가방에 집어넣고는 그대로 집을 나와버렸다.

사거리에 겨우 서너 개의 가게가 불을 켜놓았을 뿐이었다. 주인 여자가 말하는 시장도 보이지 않았다. 족발가게와 미용실은 허름한 건물 1층에 나란히 붙어 있었다. 소주라도 한잔 마시면 기분이 나아질 것 같아 그녀는 족발가게 문을 열었다. 주인이 친절하게 그녀를 맞았다.

"이 동네에도 손님 같은 미인이 사시네요."

족발을 내온 주인이 그녀에게 연신 곁눈질을 해댔다. 소주 반병을 겨우 마시고 나오는데 또 오시라고, 몇 번이나 인사를 했다.

그녀는 적당한 곳에 뚜껑을 버릴 작정이었다. 그러면 모든 게 끝날 것 같은 생각이 들자 한결 기분이 나아졌다. 안도의 한숨을 내쉬다 그녀는 무심코 미용실 쪽을 쳐다보았다. 유리문에 빛이 바랜 옛날 화보가 군데군데 붙어 있었다. 주인 여자가 솜씨를 장담한 그 미용실인 것 같았다. 늦은 시간에 누가 머리를 한다고 불을 밝혀놓았는지, 그녀는 슬쩍 미용실 안을 들여다보았다. 왕년의 이력을 말해주는 상패와 상장이 벽면을 가득 채우고 있었다. 그조차 낡아 보이는 남루한 공간에서 한 늙은 여자가 허리를 굽히고 머리카락을 쓸어 담고 있었다. 비질을 끝낸 여자가 몸을 일으키다 창 쪽을 쳐다보았다. 아무리 세월이 흘렀어도 한눈에 그녀를 알아보아준 사람을 몰라볼 수는 없었다. 그녀는 늙은 여자가 자신을 알아보기 전에 성급히 고개를 돌렸다.

소주 탓인지 얼굴이 자꾸 달아올랐다. 어딘가에 앉아서 진정을 시키려 해도 마땅한 곳이 눈에 띄지 않았다. 늘 점장과 차를 타고 다니던 길인데도 거리가 낯설었다. 그녀는 어쩔 수 없이 집 쪽으로 향했다. 사거리를 조금 벗어나자 버스 정류장이 보였다. 그녀가 출근하기 위해 처음 버스를 탔던 곳에서 한 코스 더 지난 정류장이었다. 주인 여자의 말대로 시장은 정류장 바로 뒤편에 있었다. 불이 꺼져 있어 미처 발견하지 못했던 것이다. 걷다보니 이쪽 정류장이 집에서 더 가까운 것 같았다. 그녀는 기필코 뚜껑을 버리겠노라고 다짐을 하며 집 쪽으로 걸음을 옮겼다.

우수(雨水)

그날 나는 남편과 함께 치킨을 먹고 있었다. 남편의 건강검진을 사흘 앞두고서였다. 서로 밀쳐놓던 퍽퍽한 가슴살까지 다 먹어 치운 남편이 마지막 남은 목뼈를 만지작거렸다. 미련이 남은 표정이었는데도 목뼈를 내려놓았다. 고향에서 닭 우는 소리를 듣고 자랐다는 게 이유였다. 똥집에서 닭발까지 부위를 가리지 않고 먹던 남편이었다. 나는 수북하게 쌓인 뼈만 쳐다보았다. 노란 고무밴드는 그 뼈 사이에 버려져 있었다. 초란만 한 크기였는데 치킨 박스에 묶여 왔다. 그날따라 나는 고무밴드를 가만히 내려다보았다. 어쩌다 한번 머리를 묶는 데 쓰일 뿐 여기저기 굴러다니다가 버려지는 소모품 중 하나였다. 나는 고무밴드를 뼈와 함께 버려야 할지 잠시 망설였다. 그때 자리를 털고 일어나던 남편이 기름진 손으로 고무밴드를 주위 들었다. 그러고는 엄지와 검지를 총처럼 만들어 밴드를 걸더니 목표물도 없이 주방 벽 쪽을 향해 쏘았다. 빠른 속도로 날아간 고무밴드는 벽에 다다르지 못하고 쌀통 뒤로 떨어졌다. 이번에는, 그게 다 손가락이 미끄러워서 그렇다며 기름 탓으로 돌렸다. 그렇게 쏘아대 구석에 박힌 고무밴드가 제법 있었다. 긴 트림 끝에 화장실로 들어가는 남편에게 내일부터는 죽만 먹어야 된다고 미리 주의를 주었다.

식탁에는 남편이 병원에서 받아온 대장내시경 약과 물통이 고스란히 놓여 있었다. 마지막 날 새벽에 약과 함께 마셔야 할 물이 2리터나 되었다.

"면접이 내일이라고?"

화장실에서 나온 남편이 물었다. 내가 지원한 곳은 문화예술협동조합이라는 작은 조직이었다. 창구에서 수납을 보는 단순한 업무였는데 서류전형을 통과한 상태였다.

"오후라네."

나는 보일러 온도를 올리며 말했다. 오래된 빌라라서 그런지 바깥바람이 많이 들었다.

아이를 갖겠다고 직장을 그만두었다. 일 년 동안 불임센터에 다녔지만 잘되지 않았다. 병원에서는 문제가 부부 모두에게 있다고 했다. 누구랄 것도 없이 서로 마음을 접었다.

"노랑 똥물이 다 빠져나올 때까지 파이팅 합시다."

남편의 휴대폰에서 대장내시경에 대해 친절하게 설명하는 소리가 들려왔다. 긴긴밤, 잔변을 모두 쏟아내야 하는 외로운 여정을 함께하자고 유튜버가 말하고 있었다. 생애 첫 건강검진을 예약하는 날 남편은 작심하고 대장내시경 검사를 추가했다. 쳐다보지도 않았던 달력에 생일처럼 동그라미까지 커다랗게 그려 넣었다.

닭 울음소리를 듣고 자랐다던 남편의 어린 시절은 유복하지 않았다. 고향이 광양(光陽) 어디쯤이라는데, 어머니는 지병으로 일찍 돌아가셨고 아버지는 지금껏 생사를 몰랐다. 나는 시부모님을 사진으로 보았다. 인중이 긴 게, 남편은 아버지를 닮아 있었다. 자라면서 친척 집을 전전해서인지 쌓인 게 많아 보였다. 유일하게 연락을 하고 지내는 먼 친척 동생이 있었는데 고향에서 같이 자랐다고 했다. 남편은 아버지처럼 그 동생을 챙겼다. 남편의 말대로 포부도 크고 진취성이 보인다는 동생은 잊을 만하면 나타나 돈을 가져갔다. 가져가는 돈의 액수가 매번 늘어났지만 남편은 그 청을 거절하지 못했다.

남편은 휴대폰 유튜브 채널을 켠 채 잠들어 있었다. 나는 휴대폰을 끄고 거실로 나왔다. 흰죽을 끓이려면 쌀을 미리 불려야 했는데 그걸 잊어서였다. 주방으로 가 쌀통에서 쌀을 한 홉 꺼내 그릇에 담았다. 쌀통 뚜껑을 닫다가 나는 틈새에 떨어진 고무밴드를 발견했다. 치킨을 먹은 뒤 남편이 고무총으로 쏜 거였다. 주워서 버려야 할지 말아야 할지 잠시 망설이

다가 쌀통 틈 사이로 손을 집어넣었다. 손가락이 고무밴드에 닿는 순간 나는 놀라서 손을 빼고 말았다. 부드러운 무언가가 손가락 끝을 찔렀다고 해야 하나, 아니 부드러운 무언가가 깨물었다는 표현이 맞을 것이다. 아기가 젖니를 숨긴 잇몸으로 깨무는 것처럼 힘은 없었지만 미세하게라도 깨무는 쪽에 가까웠다. 압정 같은 게 굴러 들어갔나, 해서 쌀통 뒤를 살핀 뒤 조심스럽게 다시 손을 넣었다. 고무밴드의 부드러운 살결이 손가락 끝에 닿았다. 고무밴드는 이상한 조짐을 품고 있었는데 나도 처음 느끼는 거였다. 고무밴드를 꺼내 손바닥 위에 올려놓자 노란 눈으로 나를 쳐다보았다. 나도 모르게 눈을 맞추었다.

무어라도 위로를 하고 싶은 마음에 나는 양쪽 집게손가락을 동그라미 안에 넣고 천천히 잡아당겼다. 긴장하지 않고 기분 좋을 만큼의 탄성을 느끼는 순간 잡아당기는 것을 멈추었다. 그때 나는 다시 손끝으로 전해지는 어떤 조짐을 느꼈다. 고무밴드는 손가락이 움직일 때마다 여러 모양으로 변했다. 엄지와 집게손가락으로 비비자 간지러움을 탔고 길게 당기면 입이 늘어져 그 안에서 절규가 터져 나오는 것도 같았다. 튕기면 말을 걸었고 휙 집어 던지면 눈물도 흘렸다. 그런 뒤에는 어김없이 코를 풀었다. 눈물과 콧물은 물방울처럼 부풀어 올랐다가 순식간에 가느다란 몸으로 되돌아갔다. 나는 이런 일을 지금까지 기다려왔던 사람처럼 덤덤하게 받아들였다.

나는 고무밴드를 손에 들고 기타라고 적힌 서랍 문을 열었다. 황금색 빵끈과 선물 포장용 리본같이 잡다한 물건이 눈에 들어왔다. 기타 구역은 주방이나 거실, 안방에서 밀려나 잡동사니를 모아둔 수납 칸이었다. 단추부터 사계절 옷까지, 내가 관리하는 사물은 수천, 아니 수만 가지가 넘었다. 관리라기보다 그냥 나와 함께 사는 거였다. 그래도 옷은 옷장에, 그릇은 주방에, 수건은 화장실에, 신발은 신발장에 넣으면 되었다. 그처럼 기능이 뚜렷한 물건에 대한 분류는 어렵지 않았다. 나를 갈등하게 만드는 물품은 기타 수납장에 들어앉아 있었다. 나는 내친김에 버릴 물건을 추려낼 생각으로 잡동사니를 들어냈다. 바닥에 깔린 냅킨을 들추는데 젤리같이 끈적끈적한 이물질이 손에 묻어났다. 서랍 바닥에 노란 고무밴드 하나가 깔려 있었다. 시간이 얼마나 흘렀는지 동그란 형태 그대로 삭아버렸다. 나는 물티슈로 고무밴드를 닦아냈다. 아무리 닦아도 동그란 자국이 지워지지 않았다. 삭아 뭉개질 때까지 한 존재를 까마득히 잊고 있었다니. 나는 슬그머니 잡동사니를 끌어다 고무밴드 위에 덮었다. 서랍을 닫고 들고 있던 고무밴드를 손목에 찼다.

잠은 달아나버린 지 오래였다. 나는 노트북 앞에 앉아 면접에 대한 정보를 검색했다. 공기업인지 사기업인지, 지원 분야에 따라 다양한 지침과 조언이 올라와 있었다. 면접관에게 잘 보이는 방법과 거기에 걸맞은 옷차림에 대한 정보가 많았다. 더러 이상한 면접관이 있어 예상하지 못한 질문을 하는 경우가 있는데, 그것을 조심해야 한다는 조언을 클릭했다. 그런 면접관을 만나는 것은 복불복이니 운명 탓으로 돌리라고 했다. 처음 면접을 볼 무렵 오만 원권 지폐가 새로 나왔다. 면접관은 지폐에 인쇄된 인물에 대해 어떻게 생각하느냐고 물었다. 나는 엄마와 닮았다는 이야기를 먼저 했다. 그 뒤로 질문과 대답이 이어졌고 무언가 한참 어긋난 대답을 했다는 것을 뒤늦게 알았다. 고액지폐에 새겨질 인물이라면, 좀 더 광대한 포부를 지녔던 인물로 하는 것이 좋지 않았겠느냐고 비판한 기사를 집에 와서야 보았다. 생활기록부에 따라붙는, 진취적 성향이 부족하다는 말이 문득 떠올랐다. 열한 번 만에 면접을 통과한 직장에 십이 년을 다녔다. 어업과 관련된 소규모 협동조합이었는데 창구에서 수납 보는 일을 맡았다. 조합원이 들고 온 돈을 지폐계수기에 넣어 확인하는 일이 주된 업무였다. 돈은 주로 노란 고무밴드로 묶여 왔는데 줄 자국 때문이기도 하지만 돈이 험해 계수기에 자주 걸렸다. 고무줄을 벗겨내고 지폐계수기를 통과한 오만 원·만 원·천 원권을 각각 묶음 띠지로 둘러 도장 찍는 일을 반복했다.

　시계가 자정을 넘기고 있었다. 남편이 남긴 목뼈는 물통 옆에 떨어져 있었다. 뼈를 그러모으다 떨어트린 모양이었다. 고향에서 닭 우는 소리를 듣고 자랐다는 남편의 말이 은근히 귀에 남았다. 그곳에서 소리가 새 나올 것도 아니었는데 자꾸 눈길이 갔다. 남편은 여태껏 돌보지 않은 자신의 몸속, 그것도 온갖 찌꺼기가 쌓이는 대장을 들여다본다는 사실이 불안한지 주방을 오가며 자주 달력을 쳐다보았다. 나는 달력에 표시된 예약 날짜를 보았다. 동그라미 밑으로 절기를 알리는 우수(雨水)라는 글자가 조그맣게 적혀 있었다.

방에서 낮게 코를 고는 소리가 들려왔다. 나는 컴퓨터 검색창을 닫으려다 손목에 낀 고무밴드와 눈이 마주쳤다. 목뼈 때문인지 남편 때문인지, 검색창에서 고무밴드의 고향을 검색했다. 어느 음악가의 고향에 대해 관련 내용이 하나 떴을 뿐 다른 내용은 나오지 않았다. '고무의 고향'으로 다시 검색을 하니 '6시 내 고향'과 고무신을 다룬 내용이 맨 위에 뜨고 그 아래 고무밴드와 상관없는 내용이 줄줄이 이어졌다. '라텍스'로 다시 검색하자 그와 연관된 정보와 사진이 무더기로 쏟아졌다. 나는 백과사전 끝자락에서 파라고무나무를 발견했다.

태초의 고향은 아마존 강변의 숲. 전 인류가 마실 수 있을 만큼 물이 풍부한 곳이었다. 비가 많이 내리는 지역과 비가 오지 않는 지역, 우기와 건기가 교차하는 지역이 강줄기를 따라 펼쳐져 있었다. 지금은 벌목과 개발로 열대우림이 사라진다고 했다. 파라고무나무는 꽃도 피고 향기도 나고 열매도 열리는 게 여느 나무와 같았다. 오랜 시간 인간에게 수액을 내주고 그 뒤에는 베어져 가구와 숯으로 만들어졌다. 열매는 기름을 짠 뒤 찌꺼기는 동물의 사료가 되었다.

나는 잊고 있었던 비밀을 떠올리듯 한 기억을 떠올렸다. 어렸을 때 생고무를 채취하기 위해 굵게 칼집을 낸 고무나무를 찍은 사진을 본 적이 있었다. 그리 굵지도 않은 등걸에 유선형으로 낸 칼집을 타고 우윳빛 고무액이 흘러내리고 있었다. 무언가 사람과 닮았다는 생각이 든 것은 등걸에서 흘러나오는 우윳빛 수액 때문이었다. 가족과 상관없이 다른 갈래에서 뻗어온 존재. 그날 엄마에게 느낀 감정을 그대로 이야기했다. 엄마는 눈을 동그랗게 뜨고는 어떻게 그런 생각을 했느냐고 물었다.

"그냥 그렇게 느껴요."

나는 설명할 수가 없었다. 엄마는 사람의 피와 나무의 수액이 같지 않은 것에 대해, 긴 시간 설명을 했다. 절대 뛰어넘어서는 안 되는 어떤 위험한 교류에 대한 이야기를 절실하게 하는 것 같았는데 나는 알아듣지 못했다.

노트북 화면에 파라고무나무 열매와 피마자 열매가 나란히 떠올랐다. 두 열매는 쌍둥이처럼 닮았다. 파라고무나무 열매는 악기가 되고 피마자 열매는 날것으로 먹으면 죽음에 이르렀다. 피마자 열매 네 알을 먹으면 토끼가 죽고, 다섯 알을 먹으면 염소가 죽고, 여섯 알을 먹으면 소와 말이 죽고, 일곱 알을 먹으면 돼지가 죽고, 열한 알을 먹으면 개가 죽고, 사람의 경우 네 알에서 여덟 알을 먹으면 죽을 수도 있다고 적혀 있었다. 주된 증상은 설사와 복통이었다.

서로 닮지 않았다 하더라도 그 순간 나는 무언가 품었던 이야기를 고무밴드에게 하고 싶었다. 우리 엄마는 어쩌면 피마자 기름 먹었을지도 모르겠다고 담담하게 말했다. 이야기를 귀담아듣던 고무밴드가 내 손목을 꼭 잡았다. 피부와 피부가 맞닿은 것처럼, 그렇다고 남의 살 같지도 않은 감촉이었다.

아침 실내 온도가 3도나 내려가 있었다. 나는 불린 쌀로 흰 죽을 쑤었다. 병원에서 준 주의사항 표시 안내문에 김치나 깨, 김 같은 음식을 먹지 말라고 되어 있었다. 대장 벽에 붙어 종양으로 오인할 수 있어서라는 것이다. 일상에서 평범하게 접했던 음식을 먹으면 안 된다니. 대장내시경을 해보지 않아서인지 흔한 주의가 오히려 낯설었다.

"그건 왜 끼고 있어?"

흰죽 한 그릇을 깨끗이 비운 남편이 물었다.

"뭘?"

"손목에 찬 거 말이야."

나는 왼쪽 손목에 끼고 있는 고무밴드를 쳐다보았다. 전날 밤, 눈물, 콧물 흘린 것은 말하지 않더라도 그냥 한 존재가 삭아 뭉개진 데 대해 이야기할 참이었다. 들어준다면, 빤할지도 모를 고무밴드의 고향 이야기도 할 생각이었다. 그때 남편이 비실 웃으며 참 없어 보인다는 말만 하지 않았어도 고무밴드를 버리지 않겠다는 다짐을 그리 크게 하지는 않았을 것이다.

나는 출근하는 남편에게 흰죽 먹는 거나 잊지 말라고 말했다.

면접실은 2층이었다. 화장실에서 옷매무시를 가다듬고 입매 끝으로 살짝 번진 립스틱 자국을 손가락 끝으로 닦아냈니. 코트 안에 카디건을 걸친 것은 좀 더 예의를 지키기 위해서였다. 문화예술 부문 신입사원 면접이 끝난 뒤 경력사원 면접으로 이어졌다. 나는 목도리를 풀고 면접실 안으로 들어갔다. 면접관은 두 명이었다. 남자 면접관은 사십대 후반으로 보였고 여자 면접관은 육십은 훨씬 넘어 보였다. 목에 밍크 목도리를 둘렀는데 추위를 많이 타는 것 같았다. 남자 면접관은 왼손으로 얼굴을 받친 채 서류를 훑고 있었다. 내가 마지막 순서였다.

"아이가 없네요."

여자 면접관이 먼저 물었다.

"결혼도 늦었고."

직장을 그만둔 이유가 뭐냐고 물었다.

"집안에 일이 있어서요."

"후회되지 않아요? 다들 직장을 못 구해서 안달인데."

여자 면접관도 한 손으로 이마 끝을 짚었다. 요즘 시국에 대해 어떻게 생각하느냐, 현 정부의 경제정책에 대해 어떻게 생각하느냐 같은 질문은 남자 면접관도 하지 않았다. 이곳에서 펼치고 싶은 꿈이 무엇이냐고도 묻지 않았다. 십이 년이나 한 직장에서 근무한 경력을 신뢰하는 것 같았다. 그러면서도 여자 면접관은 무언가 거슬린 것을 참고 있는 것처럼 나에게 시선을 거둘 때 미간을 표 나게 찌푸렸다.

"따히 견견 사유가 없네요. 아이두 없구, 경력도 이만하면."

여자 면접관의 말이 마치 합격을 시키겠다는 말처럼 들렸다.

"그런데 손목에 찬 그건 뭐예요?"

면접이 끝나갈 무렵 여자 면접관이 물었다. 목에 가래를 품고 있는 것처럼 갑자기 목소리가 무거워졌다. 나는 무릎 위에 다소곳하게 올리고 있는 손목을 내려다보았다. 남자 면접관도 내 손목 쪽으로 시선을 돌렸다.

"고무밴드입니다."

나는 공손하게 대답을 했다.

"세상에 고무밴드를 모르는 사람이 누가 있겠어요?"

그걸 몰라서 묻겠느냐는 듯 여자 면접관이 비실 웃었다.

"여태 심사를 봤어도 그런 걸 차고 온 사람이 있었나, 모르겠네."

뒷말 끝에 상대가 기분 나쁠 정도로 고개를 반복해서 가로 저었다.

"집안일을 열심히 하는가 봐요. 아니면 알뜰하시거나."

가정의 시답잖은 일상사를 공적인 자리까지 끌고 왔느냐고 묻는 것 같았다.

"난 그걸 보니 옛날 아기들 똥 기저귀 생각이 나네, 알지 모

우수(雨水) | **173**

르겠네. 천 기저귀에 두르는 속이 빈 노란 고무줄을."

나는 손을 모은 채 그대로 앉아 있었다.

"취향에 따라 고무밴드를 끼고 다니시는 것은 좋은데 보기가 좀."

그렇다고 지금 고무밴드를 빼버릴 생각은 들지 않았다. 여자 면접관이 집요하게 고무밴드 쪽을 쳐다보았다. 그때 이야기를 들으면서 나와 고무밴드 쪽을 짬짬이 흘깃거리던 남자 면접관이 조심스럽게 입을 열었다.

"실례가 안 된다면, 왜 고무밴드를 끼고 왔는지, 물어봐도 될까요?"

남자 면접관이 처음으로 질문을 했다. 나는 마치 누군가 그 말을 물어주기를 기다려왔던 사람처럼 남자 면접관에게 눈을 맞추었다.

"그 하찮은 이야기를 지금 이 시간에 들어야 할 필요가 있을까요?"

여자 면접관이 남자 면접관에게 물었다.

"저는 고무밴드에 대한 이야기를 듣는 것으로 면접을 대신하겠습니다."

남자 면접관은 지쳐 보였고 지금까지 들어왔던 이야기와 다른 이야기를 듣고 싶어 하는 것 같았다. 남자 면접관의 말에 여자 면접관이 서류를 덮고 의자를 틀었다

나는 남편이 치킨을 좋아한다는 이야기부터 시작했다. 생

애 처음으로 하는 건강검진에 대장내시경을 추가한 이야기를 말하며 남편이 닭의 목 부위를 먹지 않았다고 했다. 남자 면접 관이 이유를 물었고 나는 남편이 고향에서 닭 울음소리를 듣 고 ~~~~~~~ 대답을 했다 여자 면접관이 슬쩍 내 쪽으로 고개 를 돌렸다.

"그런데 닭 모가지를 먹지 않은 것과 그런 것들이랑 무슨 상관이 있어요?"

"그냥 느끼는 건데······"

여자 면접관은 더 알고 싶지 않은 것 같았다.

"그냥 쌓이는 거예요. 옆에 계신 선생님이 고무밴드에 대해 물으신 것처럼요. 그런 게 쌓이면 한눈에 알아볼 수 있어요."

남자 면접관이 고개를 끄덕였다. 여자 면접관은 그 말을 알 아듣지 못했다. 나는 고무밴드에 대한 이야기를 이어갔다.

"저는 제가 나무가 아니었을까 하는 생각을 종종 해왔어요."

"지금까지 면접을 보면서 한 번도 들어보지 못한 이야기군 요."

남자 면접관이 흥미를 보였다. 그때 여자 면접관이 다시 나 섰다.

"뭐, 개, 돼지, 아니 뱀이나 말, 고양이 같은 동물이 아니라 서 다행이네요. 그래도 나무가 되고 싶은 거하고 내가 나무다, 라고 생각하는 건 전혀 다른 문젠데. 다른 자리는 몰라도 이런 자리에서."

여자 면접관은 면접이 이상한 방향으로 흘러간다고 생각했는지 대화를 끊고 싶어 하는 것 같았다.

"개인적으로 저는 돼지를 좋아합니다. 한때 핑크돼지가 아니었나, 뭐 그런 생각을 해보기도 했습니다."

남자 면접관이 말을 이었다.

"나무라면, 어떤 나무를 말하나요?"

"아무 나무나요. 오늘 새벽에는 파라고무나무였다는 생각이 들었어요. 고무밴드를 보니 그냥 그런 생각이 들었어요."

그리고 엄마는 피마자나무가 아니었나 생각하고 있다고 말했다.

"피마자라면 그 아주까리?"

여자 면접관이 의자를 슬쩍 돌리며 물었다.

"설마 그런 이야기를 누구에게 하지는 않았겠지요?"

"아뇨."

여자 면접관은 그래도 나에게 일말의 호감을 내비친 자신에 대해 일종의 환멸을 느끼는 것 같았다.

"누구한테 했어요? 어머니한테요?"

여자 면접관의 목소리가 점점 갈라졌다. 마치 자신의 존재가 부정당한 것처럼 날카로웠다.

"아니요."

"그럼 남편요?"

"아닙니다."

"그럼 친구겠지."

여자 면접관이 단정하듯 물었다.

"고무밴드에게요."

잠시 침묵이 이어졌다.

"그래 그 고무밴드가 뭐라고 하던가요?"

여자가 따지듯 물었다. 감정 조절이 안 되는지 묻지 말아야 할 말을 물은 것처럼 후회하는 표정이 역력했다.

"제 이야기를 듣고 그냥, 말없이 손목을 잡아주었습니다."

"혹시 그게 그 손목에 찬 그 고무?"

"네."

그녀가 내 손목을 경멸스럽게 쳐다보았다. 사십 년 넘게 수 필을 써왔지만 이런 비약적 사고를 가진 사람은 보지 못했다 고 말했다. 여자 면접관은 수필가였다.

"십이 년이나 직장 생활을 착실하게 해놓고, 서류에도 하자 가 없는데."

여자 면접관은 덮었던 서류를 다시 뒤적이며 서류와 나를 번갈아 쳐다보았다. 어느 쪽이 오류인지 헷갈려 하는 것 같 았다.

"혹시 병원에 다닌 적 있어요?"

"네."

"그렇지요? 병원에 다녔지요?"

이제야 정리가 된다는 듯 여자가 반색을 하며 물었다.

"산부인과에 다녔습니다."

그 뒤로 여자 면접관은 아무 말도 하지 않았다. 남자 면접관은 가만히 듣고만 있었는데 무언가 의심하는 표정은 아니었다.

"지금 나무가 된 것은 아니잖아요."

남자 면접관이 물었다. 여자 면접관의 의자가 책상에서 확연한 각도로 틀어졌다.

"선생님이 오늘, 저에게 고무밴드에 대해 묻지 않으셨다면 저는 나무가 되지 않았을 거예요."

"그럼 지금 나무가 된 건가요?"

"네."

남자 면접관이 입을 지그시 다물었다. 이상한 것은 고무밴드가 아무런 조짐도 내비치지 않았다는 사실이었다. 고무밴드를 손목에 끼고 있다는 느낌이 전혀 들지 않았다. 여자 면접관이 서류를 소리 나게 챙겨서 일어났다.

"내일이 남편 대장내시경 검사하는 날이겠네요. 몇 년 전에 저도 해봤는데, 물을 마시지 못하는 게 가장 큰 고역이더군요. 물의 소중함을 새삼 알게 되었다고나 할까요."

면접은 남편의 대장내시경 이야기로 끝이 났다.

"연락드리겠습니다."

여자 면접관이 냉랭하게 말했다. 나는 인사를 하고 면접실을 나왔다.

남편은 밥을 먹지 않고 퇴근을 했다. 출근할 때보다 좀 수척해 보였는데 죽 때문인 것 같았다. 화장실에서 씻고 나온 남편에게 흰죽보다 더 묽은 미음을 쒀주었다. 마지막 식사였다.

"면접은 잘 봤어?"

"그냥."

"살아는 계신지 모르겠네."

복용할 약을 물통에 넣던 남편이 혼잣말처럼 중얼거렸다.

유튜브에서 이제부터 시작이라는 격려의 말이 흘러나왔다.

1. 자, 이제 둘코락스 두 알을 복용하세요.

2. 한 시간 뒤 하프렙산 A와 B를 오백 밀리 물통에 찬물과 섞어 두 번에 나누어서 마십니다.

3. 다시 한 시간 뒤 위의 세트를 반복합니다(꼭 십오 분씩 끊어서 복용하세요).

4. 다시 한 시간 뒤 위의 세트를 다시 반복합니다(십오 분씩 나눠서).

5. 수면 혹은 휴식을 취하거나 아니면 많이 움직여주세요. 괜히 바람 쐬러 밖으로 나가시면 안 됩니다. 똥물이 언제 쏟아질지 모르거든요.

6. 새벽 네시에 일어나 하프렙산 A와 B를 오백 밀리 물에 섞어 마십니다(미원 맛이 나니 조심하시고, 이제 중반기라고 할까요, 서서히 노랑 물이 나오기 시작할 겁니다).

7. 마지막으로 장내 가스 제거제인 엔도콜 두 포를 복용합니다(이건 딸기시럽 맛이라 좀 낫습니다. 가스가 뿡뿡 나옵니다).

8. 시냇물처럼 맑은 물이 나오면 샤워를 하고 병원으로 갈 준비를 합니다(꼭 보호자와 함께 가세요).

마지막으로 먹은 미음이 소화되고도 남을 시간이었다. 남편은 저녁 여덟시 이후에는 물도 먹으면 안 된다는 주의 사항을 잘 지켰다. 3단계 복용 이후 화장실을 들락거리던 남편이 내 손목을 보고 물었다.

"설마 그걸 차고 면접을 본 건 아니겠지?"

"……"

새벽 여섯시쯤, 이상한 소리가 들려 화장실 문을 열었다. 6단계를 수행하던 남편이 변기에 앉아 고개를 숙이고 울고 있었다. 소리를 죽였지만 등이 심하게 들썩였다. 나는 조용히 화장실 문을 닫았다.

삼십여 분 만에 화장실에서 나온 남편이 머뭇거리며 식탁 쪽으로 다가왔다. 무언가를 정리한 사람처럼 비장한 표정이 묻어났다.

"따지고 보면 가까운 동생도 아닌데."

속이 모두 빈 탓인지 남편의 목소리가 가라앉았다.

"내 집 하나 없는 주제에 나도 오지랖이지."

마치 동생을 정리하겠다는 말처럼 들렸다. 남편을 따라 밤을 새다시피 했기에 나는 눈을 자꾸 비벼댔다. 남편은 서너 차례 더 화장실을 다녀오고 대장에 남은 찌꺼기를 남김없이 내버렸다.

남편은 혼자 병원에 가겠다고 했지만 그건 빈말인 것 같았다. 병원은 그동안 다닌 산부인과 근처에 있었다. 남편도 나도 말없이 그 앞을 지나갔다. 병원에 도착한 뒤 남편은 간호사의 안내에 따라 환자복으로 갈아입었다. 대장내시경을 하는 사람은 뚫린 엉덩이 부분을 가리기 위해 긴 가운을 걸쳤다. 현재 건강 상태를 알아보는 문진표를 작성하는데 남편이 잠시 머뭇거렸다. 가족력이나 다른 질병이 있는지 남편 스스로도 몰랐던 것이다. 남편은 대부분 '아니요'에 동그라미를 쳤다. 기본적인 검사를 마치고 남편이 내시경실로 들어갔다.

대기실에는 보호자들이 무료하게 앉아 텔레비전을 보고 있었다. 수그러들지 않는 추위에 대한 뉴스가 한창이었다. 대기가 건조해서 산천의 나무들이 메마르는 시기이니 특히 산불을 조심하라는 멘트였다. 오늘이 우수라고 했다. 봄이 온다거나 개구리가 놀라서 깨어난다는 역동적인 절기는 아니었다. 입춘과 경칩 사이, 얼음이 녹아 물이 서서히 땅속으로 스며드는 평범한 시기였다. 그 시기에 뿌리가 열린다고 했다.

남편이 깨어날 시간이 다가오고 있었다. 나는 편의점에서 생수 한 병을 사서 대기실로 돌아왔다. 문득 남자 면접관의 말이 떠올라서였다. 낮 열두시가 다 되어갈 즈음 남편이 회복실 문을 열고 나왔다. 예상 시간을 훨씬 지나서였다. 대기실에 앉아 있는 나를 발견하고는 어기적거리며 걸어왔다. 잠에서 덜 깬 얼굴에는 어떤 표정도 묻어나지 않았다. 나는 괜찮으냐고 물었다. 대장에 용종이 몇 개 발견되어 그 자리에서 떼어냈다고 했다. 그것 때문에 검사비가 좀 많이 나올 거라며 남편은 머리를 긁적였다. 나는 남편에게 생수를 건넸다. 남편은 받아든 생수를 반밖에 마시지 못했다. 그래도 얼굴에 생기가 좀 도는 것 같았다. 남편을 부축해 탈의실로 가려는데 전화벨이 울렸다. 화면을 확인한 남편이 내 눈치를 보더니 남자 탈의실 쪽으로 걸어갔다.

"회사에서 온 전화야. 뭐 좀 물을 게 있다고."

옷을 갈아입고 나온 남편이 묻지도 않은 말을 먼저 꺼냈다.

수납을 하고 병원을 나왔다. 검사 결과는 며칠 뒤 집으로 보내준다고 했다. 주차장으로 가는데 남편이 길 건너편을 자꾸 흘깃거렸다. 낡은 가정식 백반집이 눈에 들어왔다.

"저런 집이 맛있는데, 먹고 갈까?"

남편이 물었다. 나는 죽이나 먹자고 하려다가 못 이긴 척 남편을 따라갔다. 남편은 국에 만 밥을 반도 먹지 않았다.

치킨을 시킨 것은 주말 저녁이었다. 남편은 건강검진 결과지를 꼼꼼하게 두 번이나 읽었다. 괜찮을 거라는 말과는 달리 남편의 몸은 조금씩 이상이 있었다. 혈압과 당뇨는 없어도 지방간 초기 증세에 위에 염증도 있었다. 그 이외에 혈액을 분석한 수치에는 위험 범위에 들지는 않지만 경계를 물고 있는 항목도 좀 있었다. 그날 제거한 용종 때문에 일 년 후 재검사를 하라고 적혀 있었다. 복잡하게 적힌 결과지를 몇 번이나 더 들여다본 남편은 자신의 가계도라도 확인한 듯 무언가 안심하는 눈치였다. 닭뼈를 수북하게 쌓아놓은 남편이 면접 발표는 언제 나느냐고 물었다.

"연락하겠다고 했는데."

나는 수필가를 떠올렸다.

"십이 년이나 한 직장에 다닌 사람인데, 알아보겠지."

남편이 걱정하지 말라는 투로 나를 다독이더니 자리에서 일어났다. 고무밴드를 먼저 발견한 것은 남편이었다. 남편은 뼈 사이에 반쯤 묻힌 고무밴드를 빼 올리더니 손가락총에 장전을 했다. 그러고는 거실 벽 쪽으로 몸을 돌려 시계를 조준해 고무줄을 날렸다. 고무줄은 빠른 속도로 날아가 정확하게 시계의 중심 부위를 맞추었다. 남편은 스스로 칭찬하는 박수를 서너 번 치고는 보란 듯이 개수대로 가 기름진 손을 씻었다. 당분간 화장실 쪽은 가고 싶지 않다고 투정을 했다. 개수대 옆에 수건이 걸려 있는데도 남편은 손을 흔들어 물을 털어냈다. 언제 내려놓았는지, 살이 온전히 붙은 목뼈가 초절임무 앞에 그대로 남아 있었다. 방으로 들어가려던 남편이 내 손목을 슬쩍 보았다.

"팔찌가 필요하면 좋은 걸로 하나 사."

남편이 선심을 쓰듯 한마디 하고는, 무언가 아쉬운 듯 벽에 걸린 시계 쪽으로 다시 손가락총을 기히게 날리고 방으로 들어갔다. 잠시 뒤 방에서 소곤거리는 소리가 들려왔다. 웃음을 섞어가며 누군가와 통화를 하고 있었다. 돈이 궁할 때마다 집에 들르는 그 동생은 어렸을 때 이야기를 잘 들추었다. 듣고 보면 들판을 뛰어다니며 새총놀이를 한 것처럼, 그냥 그런 이야기인데도 남편과 서로 눈을 맞추어가며 입을 방실거렸다.

나는 식탁을 정리하고 설거지를 하기 위해 개수대로 갔다. 물을 틀자 얼음같이 차가운 물이 쏟아졌다. 남편은 찬물이 나오는데도 번번이 수전의 위치를 오른쪽으로 돌려놓았다. 나는 적당하게 수전의 위치를 돌렸다. 미지근한 듯하더니 이내 따뜻한 물이 흘러나왔다. 손목에는 어느새 동그란 자국이 새겨지고 있었다.

꽃밭의 찰스

한적한 동네를 벗어나 강 입구에 다다랐을 때 민물과 바닷물이 섞이는 곳이라는 안내판이 먼저 눈에 띄었다. 사람의 출입을 금한다는 경고 문구가 붉은 글자로 적혀 있었다. 단속이 심한 짝퉁 판에서 구르다 보니 표는 지레 뒤가 켕겼다. 미애가 붉은 글씨를 힐끔거리며 표 옆으로 붙어 섰다.

"이래도 되는 거유?"

슬쩍 찰스의 눈치를 살피며 표가 물었다. 찰스는 아무 대꾸없이 풀숲으로 들어가 뗏목을 끌고 나왔다. 제화점 아들답게 널빤지를 덧대 뗏목을 만든 솜씨가 예사롭지 않았다.

찰스가 강물에 뗏목을 띄웠다. 여기까지 오는 내내 표와 미애는 아랑곳하지 않던 작자였다. 혼자 떠나려는 심사인지 홀

쩍 뗏목에 몸을 실었다. 표는 다급히 뗏목에 올라탔다. 미애
가 고작 판자때기를 타고 꽃밭에 가느냐고 투덜거렸다. 뗏목
이 기울자 물에 빠지기라도 할 것처럼 호들갑을 떨었다. 그러
든 말든, 찰스는 뗏목에 로퍼를 벗어놓고 맨발로 유유히 오리
발을 매단 노를 저어 나갔다.

"날씨가 좋습니다."

표가 허공을 향해 툭, 말을 던졌다. 건들건들 뗏목 끝에 걸
터앉으며 찰스의 얼굴을 쳐다보았다. 강바람이 불어오자 찰
스의 앞 머리카락이 날리며 뭉개진 왼쪽 눈이 훤히 드러났다.
어릴 때 새한테 쪼였다지만 도시 한복판에서 자랐다는 찰스
가 새에게 눈을 쪼일 확률은 희박했다. 그런 그가 구두를 귀
신처럼 잘 만든다는 말을 들었을 때 표는 믿지 않았다. 애꾸
눈이 정밀한 족궁을 오차 없이 파낸다는 것은 팔 한쪽 없는
놈이 주먹으로 이름을 날렸다는 것과 별반 다를 바 없었다.
알아보니 헛소문이 아니었다. 찰스의 아버지가 죽은 후 갑피
값이 밀려 제화점의 문을 닫을 판이라고 했다. 아무리 구두를
잘 만들어도 값비싼 수입 갑피를 쓰면서 수지를 맞추는 제화
점은 드물었다. 숙련공을 수소문하던 표는 찰스제화점을 드
나들며 같이 일해보자고 꼬드겼다. 찰스는 내내 묵묵부답이
었다. 오늘 점심 무렵, 표는 미애와 갑피 대리점에 들렀다가
작정하고 제화점을 찾아갔다. 마침 찰스가 배낭을 메고 가게
문을 나서고 있었다. 어딜 가느냐고 물었더니 꽃밭에 간다고

했다. 그러고는 휑하니 버스 정류장으로 향하는 것이었다. 평일 대낮에 꽃밭이라니. 미친 자식이라는 생각이 절로 들었다. 순이라도 한잔하며 이야기라도 해볼라치면 번번이 가게를 비울 수 없다며 거절하던 작자였다. 표는 신심 쓰듯 바래다주겠다며 억지로 찰스를 차에 태웠다. 가면서 찰스의 마음을 돌려볼 요량이었다.

"어디 중요한 곳인가 봅니다? 가게 문까지 닫고 나선 걸 보니."

표는 강 한가운데를 넘겨다보며 물었다. 아무리 생각해도 한가하게 꽃구경이나 다닐 위인은 못 돼 보였다. 찰스는 대답 대신 배낭만 추켜올렸다.

"이 바닥도 사람을 못 구해서 낭팹니다."

묵묵히 노를 젓는 찰스에게 말을 꺼냈다. 사실 이 판의 기술자들 몸값은 부르는 게 값이었다. 단속반에 걸려 줄줄이 엮여 들어가기라도 하면 남은 기술자들의 몸값이 두세 배로 뛰기 일쑤였다. 값에 비해 솜씨가 형편없거나, 부풀려질 대로 부풀려진 이력이 천지였다. 표는 무심한 척 찰스가 벗어놓은 카멜색 낡은 로퍼로 시선을 돌렸다. 발등의 장식이 눈에 거슬릴 정도로 반짝거렸다. 로퍼는 인디언이 신는 모카신을 닮아 별다른 기교 없이 밋밋한 신발이었다. 틀이 잡혀 있지 않아 양말처럼 편한 구두였다. 뒤축이 닳고 낡은 로퍼였지만 한눈에 보아도 잘 만든 티가 났다.

"정말 강 한가운데 패랭이 꽃밭이 있다는 거야?"

미애가 뗏목 가운데 자리를 옮겨 앉으며 중얼거렸다. 새삼 믿기지 않는다는 눈치였다.

"이맘때가 되면 모래톱에 꽃이 피지요."

내내 입을 다물었던 찰스가 입을 뗐다. 미애가 패랭이꽃을 한 번도 본 적이 없다며 아이패드로 검색을 한다 어쩐다, 부산을 떨었다. 보라색 패랭이꽃을 창에 띄워 표 앞에 들이밀더니 창을 넘겨가며 꽃에 대한 전설까지 읽어 내렸다. 들어보니 월계수 화관을 잘 만드는 유럽 어딘가의 재능 있는 청년의 이야기였다. 그 나라에서는 전쟁에서 돌아온 병사나 훌륭한 시인에게 월계수 화관을 씌워주는 풍습이 있었다고 했다. 청년의 손재주를 시기한 다른 기술자가 사람을 시켜 그를 죽게 만들었다는, 어디에나 있을 법한 내용이었다. 하지만 그가 죽은 후 다른 기술자가 만든 화관은 더는 팔리지 않았다고 했다. 병사들이 청년이 만든 화관만 찾았다는 것이다. 청년이 죽은 자리에 핀 꽃이 패랭이꽃이라고 했다. 흔한 이야기였지만 뗏목을 타고 패랭이 꽃밭으로 가는 도중이라서 그런지 표의 귀에 제법 그럴듯하게 들렸다.

"걔가 만든 화관은 부르는 게 값이었겠네?"

검색을 마친 미애가 말했다. 그깟 화관에 웃돈 거래라니, 표는 처녀인 주이 불신 값반 올린 셈이라며 너스레를 떨었다. 사실 청년이 살아 있어야 다른 기술자도 살아남을 거였다. 그

단순한 이치를 간파하지 못한 이가 미련하게 사람을 죽여 명품 가치만 높인 셈이었다. 그때나 지금이나 돈으로 꼬드겨 안넘어올 자는 없을 터였다. 표는 종종 자본주의 사회의 폐단이니 어쩌니 거창한 말을 끌어대며 기술자들을 꼬드기기도 했다. 하지만 기술자라고 하는 작자들이 그런 뻔한 말 때문에 넘어오는 것은 아니었다. 처음에는 짝퉁이란 말만 꺼내도 나라를 팔라고 한 것처럼 눈을 치뜨다가도 몸값을 올리면 이내 꼬리를 내리기 마련이었다. 표는 전설이니 뭐니 수만 꼬이면 사람을 죽여댄다며 능청을 떨었다.

"그래서 솜씨 좋은 기술자들이 씨가 마른 모양입니다."

표는 말끝에 헛웃음을 달고 찰스를 넌지시 쳐다보았다. 슬쩍 죽은 자의 편을 들어 찰스를 떠볼 생각이었다.

"그때는 짝퉁 기술자가 없었나 봐요?"

아이패드 창을 검지로 쭉쭉 올려대던 미애가 끼어들었다. 그 바람에 이야기의 맥이 끊겼다. 그깟 머리띠, 똑같이 만들기만 하면 돈이 되었을 거라는 이야기였다. 표는 찰스 앞에서 듣는 짝퉁이라는 말이 새삼스레 귀에 거슬렸다.

"그렇게 솜씨가…… 완벽하다면야."

청년처럼 죽어도 좋다는 뜻인지, 내내 말이 없던 찰스가 혼잣말처럼 중얼거렸다. 표는 김빠진 얼굴로 찰스의 손을 바라보았다. 손을 쓰는 자 특유의 흉터가 군데군데 나 있었다. 문득 표는 찰스제화점을 처음 찾아갔던 날이 떠올랐다.

허름한 제화점 문을 열고 들어섰을 때 찰스는 가죽 앞치마 차림에 소매를 걷어붙이고 있었다. 구두를 찾으러 왔는지 예순 안팎으로 보이는 남자가 앉아 있었다. 찰스는 바닥에 하야 면 보기기를 믿고 그 위에 구두를 내려놓았다. 유행을 타지 않는 기본형의 옥스퍼드 구두였다. 찰스가 슈트리를 빼냈다. 오랜 단골인지 구두를 신으면서도 연신 죽은 부친의 이야기를 들먹였다. 진열장을 넘겨다보고 있는 표에게까지 옛 주인장의 솜씨 자랑을 늘어놓았다. 그 덕에 사십여 년 발 편하게 지냈다는 그런 인사치레였다. 남자가 구두를 신고 가게 안을 한 바퀴 돌았다. 고개를 갸우뚱거리며 다시 한 바퀴 더 돌더니 꼭 맞는 느낌이 아닌지 뭔가 석연찮은 표정으로 찰스 앞에 섰다.

"부친이 돌아가셔서, 나도 참 낭팰세."

남자가 말했다.

"무엇보다도 내 발이 자네 부친의 손길을 기억하고 있으니 말이야."

찰스의 낯빛이 어두워졌다. 남자는 찰스가 슈트리를 다시 구두 안에 끼워 넣는 것을 가만히 보고 있었다. 그러고는 씁쓸한 표정으로 구두 상자를 챙겨 이내 가게를 나갔다. 찰스는 표가 있다는 것도 잊고 줄곧 바깥쪽만 쳐다보았다. 그러더니 작업실로 들어가 기죽 때가 묻은 낡은 라스트 한 짝을 들고 나왔다. 발볼 부분에 코르크 자국이 누룩 띠처럼 겹으로 쳐져 있었다. 1973년 9월 26일 260. X동 안 선생. 켜를 달리할 때마다 라스트를 수정한 날짜가 적혀 있었다. 곁눈질로 라스트를 훔쳐보던 표는 에따 구두 한 켤레 맞춥시다, 라고 말을 꺼냈다. 표가 작정하고 앉은뱅이 의자에 앉자 찰스는 난처한 표정으로 지금은 치수를 잴 수 없다고 말했다. 다시 한 번 말을 꺼냈지만 정중하게 지금은 치수를 잴 수 없다고 말하는 것이었다. 그날 표는 찰스의 동정만 살피다가 말 한마디 꺼내지 못하고 가게를 나왔다.

뗏목이 갈대 군락지를 지나고 있었다. 바람이 불자 찰스가 뭉개진 눈 쪽으로 머리카락을 끌어내렸다.

"형씨 구두를 신어보지 못해 좀 아쉬웠습니다."

표는 그때 일을 들먹이며 새삼 아쉬운 듯 말을 꺼냈다.

"제가 만든 것보다 더 좋은 구두를 신고 계시던걸요."

찰스가 코끝이 빤질거리는 표의 구두를 내려다보며 말했다.

"어디 형씨 솜씨만 하겠습니까. 허허."

표는 손에 잡히는 갈대를 꺾어 쥐며 부러 겸손을 떨었다.

"그 신사분은 오래된 단골인가 봅니다?"

그날 표가 본 그 남자가 사십여 년 단골이라는 것을 알면서도 뒷일이 궁금해 물었다.

"라스트…… 문제였지요."

무언가 대단한 오류라도 짚고 있는 것처럼 뜸을 들였다. 아버지가 죽기 전까지 만졌던 라스트를 그대로 사용한 것이 불

찰이라고 했다. 발은 일이 년 사이에도 변할 수 있고 계절은
물론 아침저녁으로도 차이가 난다는 것을 놓쳤다는 것이다.
손님이 지금껏 들르는 이유는 아버지가 그린 사소한 차이까
기 집아냈기 때문이라고 했다. 라스트는 구두를 만드는 시작
부터 마무리까지 전 과정에 쓰이는 발의 본이다. 구두를 만드
는 내내 라스트가 실제 발 역할을 하는 것이다. 사실 애초 라
스트를 잘못 만들면 편한 신발도 아름다운 신발도 만들 수 없
었다. 그래도 구두가 잘 맞지 않으면 가죽을 좀 늘이거나 패
드를 깔면 해결될 문제였다. 손쉬운 방법을 놓아두고 라스트
부터 다시 만들었다는 것이다. 남자의 구두를 다시 만들어주
었다는 말을 듣고 표는 할 말을 잃었다.

"어찌 된 판인지 구두 하나 제대로 만들어내지 못하는 세상
인 것 같습니다."

표는 짐짓 기울어져가는 나라 걱정하듯 탄식을 내뱉었다.
몇 십 년씩 구두를 만들었다는 자도 구두 한 켤레를 제대로
만들어내지 못한다며 너스레를 떨었다.

"그쪽은 구두 만드는 일이…… 분업화돼 있지 않습니까?"

조용히 듣고 있던 찰스가 한마디 했다. 제화점에 몇 번 들
락거리다 보니 찰스의 어눌한 말끝에 물린 속내를 짐작할 수
있었다. 대놓고 짝퉁이라는 말을 하지 않아을 뿐, 도소품 구
두를 만들이내는 데 굳이 고급 기술자가 필요하겠냐는 말이
었다. 표는 은근히 자존심이 뻗쳤다.

"제 물건은! 여느 싸구려 물건과는 질적으로 다릅니다!"

사진 한 장 달랑 걸어놓고 컴퓨터로 모양이나 본떠 박아대는 시장의 싸구려 쌕퉁이는 비교가 안 된다며 핏대를 올렸다. 아이패드에 얼굴을 박고 있던 미애가 불룩거리는 표의 목울대를 쳐다보았다. 표는 미애가 열어놓은 폐쇄몰 창을 넘겨보다가 슬쩍 꼬리를 내렸다. 요즘 부쩍 반품 요청이 늘고 있었다.

폐쇄몰은 단속을 피해 인터넷으로 은밀하게 운영하는 사이트였다. 회원들만 드나들기 때문에 잘 적발되지 않았다. 이번에는 G사의 것을 본떠 만든 스페셜 구두가 문제였다. 사이즈가 미묘하게 어긋나 볼 조인트 부분이 조인다는 것이다. 엄지발가락 옆으로 튀어나온 부위가 신발 앞축의 접히는 부분과 일치하지 않으면 발이 불편해 새끼발가락까지 물집이 잡힌다. 이럴 경우 무조건 악플 먼저 달고 보는 자가 많았다. 기십만 원이나 하는 스페셜 제품이 시장의 싸구려 짝퉁만도 못하니 어쩌니 게시판에 분탕질을 쳐놓으면 주문이 눈에 띄게 줄었다. 미애가 시도 때도 없이 아이패드를 끼고 댓글을 추려내는 이유도 거기 있었다.

"이 도시에서 부친의 구두를 한번쯤 신어보지 않은 사람이 없었다지요?"

표는 슬그머니 말머리를 돌렸다. 찰스의 아버지 이야기를 꺼낸 뒤 흥정까지 몰아붙여볼 작정이었다.

"모든 사람에게 잘 맞는 신발은, 누구에게도 맞지 않는다는 말이지요."

표는 저도 모르게 신경질적으로 미티를 쓸어 올렸다. 새끼, 뭐 하나를 물으면 제대로 답을 하는 법이 없었다. 짝퉁을 만들자고 바로 들이대기 뭣해 아버지 솜씨를 좀 들먹였을 뿐이었다.

"아버지는 세상에 하나뿐인 신발을 만드셨어요. 그 한 사람에게만 맞는 신발요."

어딜 가나 저런 자들이 문제였다. 자신이 마치 역사에 길이 남을 예술 작품이라도 만드는 것처럼 굴었다. 툭하면 말끝마다 자신의 기술은 돈과 바꿀 수 없다는 말을 달고 살았다. 막상 저런 자들은 몸값에 잘난 양심까지 얹으려 들어 흥정하기가 어려웠다.

"형씨도 부친의 솜씨를 빼닮았나 봅니다."

표는 꾹 참고 한마디 더 선심을 썼다. 찰스가 담담하게 앞을 보았다. 눈에서 아무 감정도 보이지 않으니 차라리 말을 꺼내기가 더 편했다.

"형씨 같은 솜씨로 여러 사람 발을 살리면 그것도 좋은 일 아니겠습니까?"

표는 명품이 달리 명품이겠냐며 힐끗 찰스 얼굴눈에 눈을 맞추었다. 찰스가 별 반응을 보이지 않자 표는 명품이 턱없이 비싸서 나 같은 사람들은 살 엄두도 못 낸다며 아예 엄살을 떨었다. 그러면서 화관 기술자 이야기를 들먹였다. 기껏 '머리띠' 하나 둘러쓰려고 웃돈을 주는, 그 밑도 끝도 없는 전설 속 세상이나 시급이나 다를 바 없다며 한탄을 늘어놓았다. 그러자 짝퉁 구두를 만드는 일이 명품의 아성을 누르는 중차대한 일이라도 되는 것처럼 자못 사명감이 일었다.

"저는 그럴 만한 솜씨가 못 됩니다."

'빌어먹을 자식.'

표는 강물을 향해 침을 퉤 뱉어냈다. 저자는 매번 일이 성사될까 싶으면 발을 빼며 흥정을 처음으로 되돌렸다. 미애의 구두를 맞추러 갔던 그날도 흥정은 원점으로 돌아가고 말았다.

찰스는 라스트를 무릎에 끼고 무두질이 잘된 송아지 가죽을 입히고 있었다. 표가 작업실까지 들어갔는데도 인기척을 못 느꼈는지, 오른손을 가죽으로 휘감고 고소리로 가죽을 잡아당기며 못을 박았다. 찰스의 등 뒤로 수백 켤레의 라스트가 매달려 있었다. 물푸레나무로 만든 것부터 플라스틱 라스트까지 가죽 때가 덕지덕지 묻어 있었다. 낡아서 발등까지 비닐로 감싼 것도 보였다. 표는 필요 이상으로 목소리를 높여 헛기침을 했다. 그제야 찰스가 고개를 들었다. 표는 미애를 앞세우며 구두를 맞추러 왔다고 말했다. 가게로 나온 찰스가 카탈로그를 내밀었다. 미애가 사뭇 진지한 척 구두 모양을 살피다가 책자 한 귀퉁이에 있는 로퍼를 손가락으로 가리켰다. 찰스가 가죽 샘플이 달린 번치북을 내밀며 어느 가죽으로 하겠느냐고 물었다. 미애가 연보라색 송아지 가죽을 짚었다. 찰스는 번치북을 덮고 앉은뱅이 의자를 가리켰다. 의자에 앉은 미애가 선뜻 발을 내밀지 않자 찰스기 미애의 빌을 무드럽게 잡
미애띴나.

"양말을 좀 벗겨도 되겠습니까?"

찰스가 물었다. 그 말이 옷을 좀 벗겨도 되겠냐는 말처럼 불쾌하게 들렸다. 미애가 양말을 벗으려고 손을 가져다 대자 찰스는 미애의 손을 슬며시 밀쳐내고 양말을 벗겼다. 양말을 벗기는 일부터가 구두를 만드는 일의 시작인 양 굴었다. 표가 미애의 맨발을 자세히 본 것은 그때가 처음이었다. 엄지발가락이 노인네처럼 휘었는데 그 아래로 뼈가 도드라져 있었다. 젊은 계집애 발치고는 투박하고 못생긴 발이었다. 그게 부끄러운지 미애가 발가락을 움츠렸다. 찰스가 미애의 발아래 무릎을 꿇었다. 꿈꾸듯 외눈의 시선을 멀찍이 두고 손으로 발을 끌어왔다. 손가락에 눈이라도 박힌 것처럼 발목의 복숭아뼈와 새끼발가락, 발가락 끝을 세심하게 더듬더니 미애의 발을 손바닥에 올렸다. 두 손으로 발을 모아 쥐고 섬세하게 쓰다듬으며 다시 발가락 끝을 스쳐 안쪽 복숭아뼈로 올라갔다. 손끝으로 무언가 느끼려는 것이 마치 여자의 가슴을 더듬는 것처럼 이상하게 사람을 긴장시켰다. 아니, 저 새끼기 야는 생각이 들 때쯤 찰스가 흰 종이 위에 미애의 발을 끌어다 댔다. 연필로 테두리를 그려 발의 본을 뜨는 거야 구두를 만드는 자라

면 누구나 다 하는 짓이었다. 표는 슬쩍 뒤로 물러앉았다. 찰스는 미애의 발등에 줄자를 대가며 꼼꼼하게 치수를 쟀다. 그리고 미애 치수판 위에 세워 족형을 떴다. 그런 다음 걸을 때 어느 부위가 가장 아프냐고 물었다. 어떻게 살아왔느냐고 묻은 것도 아닌데 미애가 쓸데없는 이야기까지 주절거렸다. 표는 구두를 다 맞추고 슬쩍 찰스 옆에 앉았다.

"보아하니 손님도 없는데."

공장에 들러 직공들 기술이나 좀 가르쳐달라고 운을 띄웠다. 돈은 섭섭잖게 쳐주겠다고 했다. 일단 코라도 꿸 생각이었다.

"지금은 가게를 비울 수 없습니다."

찰스가 라스트를 정리하며 말했다. 꾹 참고 바람이라도 쏘일 겸 공장 구경이라도 가자고 했지만 찰스는 여전히 가게를 비울 수 없다고 말했다. 처음에 표는 한두 번 찾아가 안면을 트고 구두나 한두 켤레 맞춰주면서 이야기를 하면 먹혀들 줄 알았다. 그렇다고 하루아침에 가게를 접고 따라나서리라고 생각한 것은 아니었다. 어쩌면 찰스가 두어 번 거절하다 마음을 바꿨으면 다른 기술자를 찾아 나섰을지도 몰랐다. 그런데 이상하게도 찰스가 튕기면 튕길수록 그가 아니면 안 된다는 마음이 간절하게 드는 것이었다. 얼마 뒤 구두를 찾으러 갔을 때였다. 미애는 눈치도 없이 아픈 부위를 귀신같이 짚었다고 호들갑을 떨었다. 지금껏 신어본 구두 중에 가장 편하다는 것이다. 미애가 로퍼를 신고 눈앞에서 알짱거릴 때마다 표는 심사가 뒤틀렸다. 결국 공장으로 돌아와서 짝퉁 구두를 던져주며 바꿔 신으라며 짜증을 내고 말았다.

미애가 듣고 있던 음악의 볼륨을 높였다. 강 한가운데 음악이 울려 퍼졌다.

"사실, 제가 만드는 스페셜 구두는 특별한 공정이 따로 있습니다."

아무도 없는 강 쪽을 살피며 표는 조심스럽게 찰스를 향해 몸을 기울였다.

"제가 매장을 돌며 명품 구두를 직접 사들이는 거지요. 그렇게 구두를 사들이는 데 드는 돈만 해도 만만찮습니다만, 실물을 직접 보고 만지고 느껴가며 구두를 만들게 합니다."

표는 의기양양하게 어깨를 폈다.

"진짜 명품을 보고 그대로 본을 떠서, 사이즈별로 공정에 맞는 패턴을 만들면 되는 거지요."

다른 짝퉁 공장에는 없는 공정이라며 목소리에 힘을 주었다.

"형씨는 그 일만 해주면 됩니다."

표는 애써 찰스의 외눈을 맞추며 그 일은 숙련공이라고 해서 아무나 해낼 수 있는 일이 아니라고 말했다. 샘플 구두의 견본을 원본처럼 펼쳐놓고 다시 똑같이 만들어내는 익을 ㅣ며 지 지공들이 해내던 뇌었다. 그렇게 만든 스페셜 구두는 진품과 섞여 있으면 표조차도 헷갈렸다. 전국에 깔린 중도매상은 물론이고 이름만 대면 알 수 있는 유명인들을 단골로 확보한 것도 다 그 덕이었다. 이런 치밀함이 없었다면 표는 지금쯤 시장에기 쨔구려 짝퉁이나 팔고 있었을 것이다. 속 모르는 업자들은 짝퉁 판에 반품이 웬 말이냐고 입을 내시는 미킬다 무건에 자신 있는 자만이 할 수 있는 거였다. 표는 자신감에 찬 목소리로 도와주면 빚을 갚게 해주겠다고 했다. 찰스의 얼굴에 그늘이 졌다. 바람이 불자 찰스가 고개를 돌렸다.

몇 년 전, 단속반이 들이닥쳐 물건이 모두 압수되었을 때도 표는 중국 청도에서 전신 마사지를 받고 있었다. 사장님 터졌어요, 표의 사무실을 지키고 있던 미애한테서 다급한 문자가 날아왔다. 난장판이 된 신발 공장을 겨우 빠져나왔다는 것이다. 미애는 중국까지 표를 찾아왔다. 줄줄이 엮여 들어가는 것이 걱정이 되었는지 새벽까지 배갈을 털어 넣었다. 그날 중국 텔레비전 뉴스에서도 '한국에서 대규모 짝퉁 구두 제조 조직 검거'라는 기사가 나왔다. 배후 조직 수배니 진짜보다 더 정교한 한국의 짝퉁 기술이니 하는 말도 귀에 들어오지 않았다. 압수된 구두가 산더미처럼 쌓인 화면을 보니 눈이 뒤집혔다. 창고에 보관 중인 구두까지 몇 십 억이 넘는 돈이 한방에 날아간 것이다. 표는 그때 일을 생각하면 지금도 억장이 무너졌다. 그래도 매번 일이 터지면 도마뱀처럼 꼬리를 자르고 잠수를 탔고 시간이 지나면 자리를 옮겨 다시 공장을 꾸렸다. 그때마다 겁을 먹는 미애를 주저앉힌 것은 다름 아닌 진짜 명품 구두 한 켤레였다.

뗏목은 용케도 꽃밭에 닿아가는 것처럼 보였다. 강바람을 따라 어디선가 꽃향기가 풍기는 듯했다. 물길을 잘 아는 사 스기 뗏목의 방향을 서서히 바꾸고 있었다. 그때 반짝이는 강물 밑으로 어두운 그림자가 지면서 무언가 낮게 솟아올랐다. 표는 처음에 검은 구두코가 솟아오르는 줄 알았다. 가만히 보니 지느러미를 곧게 세운 것이 상어 같아 보였다. 물고기가 몰려오자 강물에 발을 담그고 있던 미애가 기겁을 하며 뗏목으로 발을 빼 올렸다. 달군 불에 콩 튀듯 요란을 떠는 바람에 뗏목이 심하게 흔들렸다. 뗏목 끝에 앉았던 표가 강물에 빠진 것은 한순간이었다. 물속에서 허우적대는 표 주변으로 흩어졌던 물고기가 모여들었다. 미애가 사장님을 불러대며 발을 굴렀다. 흔들리는 뗏목 위에서 찰스만은 기묘하게 균형을 잡고 있었다. 표가 수면 위에 목울대를 달랑거리며 거푸 물을 마시고 있는데 찰스가 노를 내밀었다. 표는 마지못해 노를 잡고 뗏목 위로 올라왔다. 물이 줄줄 흐르는 표의 꼴이 우스운지 미애가 손으로 웃음을 틀어막았다.

"철갑상어죠."

표가 정신을 차리기도 전에 찰스의 말이 먼저 들려왔다. 근처에 양식장이 있는지 어쩌다 빠져나오는 모양이라고 했다. 깊은 바다에서 사는 것 같지만 실상 민물에서 주로 산다는 것이다.

"가끔 강을 건너다 마주치는데 저는 카우보이 부츠라고 부릅니다."

남이 속이 타는지도 모르고 찰스가 꿈같은 얘길 지껄였다. 서부극에서나 보았을까 요즘은 신는 자도 드물 있다. 미얘가 얼핏 비슷해 보인다며 맞장구를 쳤다.

"형씨는 모든 게 구두로 보이는 모양입니다."

표는 구두를 벗어 물을 털어내다 용심이 일었다.

"철갑상어는 수명이…… 이백 년이나 됩니다."

찰스제화점이 그리 오래되었다고 말한 것도 아닌데 표는 그 말이 귀에 거슬렸다.

"그래봤자 캐비어를 털어내고 나면 싸구려 횟감이지요 뭐!"

표는 바짓가랑이의 물을 짜내며 찰스를 향해 쏘아붙였다.

"지구상에 생존하는 가장 오래된 생물 중 하나라고 알고 있습니다."

"좋으시겠습니다!"

바지 뒷주머니에서 젖은 휴대폰을 꺼내다 얼떨결에 튀어나온 말이었다. 표의 이야기를 듣는지 마는지 찰스가 말을 이었다.

"인간의 유전자와 가장 비슷한 구조를 가졌다고 합니다."

표는 회로 먹어봤는데 육질이 쫀득쫀득한 게 감칠맛이 난다고 응수했다. 연골과 골수가 별미라며 오돌오돌 씹히는 맛이 죽여준다고 엄지손가락까지 추켜세웠다. 그러고는 휴대폰에서 배터리를 빼냈다.

"갈 때 회 맛이나 보고 갑시다!"

친구의 느른 말은, 표는 마저 한마디 내뱉었다.

"진짜 꽃밭이다!"

그때 미애가 뗏목에서 일어서며 소리를 질렀다. 거짓말처럼 모래톱에 핀 보라색 패랭이꽃이 눈에 들어왔다. 표는 자신도 모르게 뗏목을 짚고 있던 손에 힘이 들어갔다. 찰스는 균형을 잡으며 흔들림 없이 그곳을 향해 천천히 노를 저었다. 꽃밭 입구에 누군가 박아놓은 작은 말뚝이 눈에 띄었다. 표는 왠지 모를 안도감에 자리를 털고 일어섰다. 찰스가 벗어놓은 로퍼를 들고 뗏목에서 내려 말뚝에 줄을 매달았다.

"찰스 오빠 말이 맞네!"

미애가 신세계라도 발견한 듯 두 팔을 벌리며 수선을 떨었다. 강 한가운데 꽃밭이 있다는 찰스의 말이 빈말이 아니라서 다행이라는 표정이었다.

패랭이꽃은 모래톱 가장자리에 둥글고 넓게 펼쳐져 있었다. 모래톱 가운데는 키 낮은 나무와 풀이 뒤엉켜 작은 숲을 이루고 있었다. 미애가 모래톱에 핀 보라색 패랭이꽃을 찍는다며 연신 아이패드를 눌러댔다. 표는 그늘을 찾아 앉아서 젖은 구두를 벗어내며 머리카락을 왼쪽으로 쓸어내리던 찰스가 젖은 구두에 외눈의 시선을 박았다.

"구두 한번 살펴봐도 되겠습니까?"

찰스가 말했다. 검문을 하자고 한 것도 아닌데, 표는 순간 멈칫했다. 표가 신은 구두는 가죽을 톱니 모양으로 자르고 구멍을 뚫어 장식한 영국풍의 제법 격조 높은 블뤼허 구두였다. 물론 공장에서 만든 구두 중에 가장 단가가 높은 스페셜 구두였다. 찰스가 구두를 들고 물에 젖은 갑피를 쓰다듬었다.

"무두질이 잘된 코도반이군요."

코도반은 말 엉덩이 가죽 부분이었다. 조직이 조밀하고 광택이 아름다울 뿐만 아니라 물과 공기가 통하지 않아 가죽 중에 최고의 가죽으로 쳤다. 찰스가 구두를 돌려가며 바닥을 살피고 안을 들여다보았다.

"좋은 구두를 갖고 계십니다."

별 감정이 묻지 않은 목소리였다. 표는 자신도 모르게 바닥창에 새겨 넣은 명품 로고를 흘깃거렸다. 찰스가 끈 아래 처진 구두 혀를 슬쩍 잡아당겨보더니 안으로 손가락을 집어넣었다.

"하지만 펀칭 간격이 좁고 팁 부분에 연결된 가죽이 매끄럽지 않습니다."

찰스가 구두 안에서 손가락을 놀리며 말했다. 표는 젖은 구두를 들고 잘난 척한다는 생각을 하면서도 그런가요, 라고 대충 한마디 보탰다.

"그런데……"

구두를 그늘에 내려놓던 찰스가 머뭇거렸다.

"정녕 그쪽에는 모조품을 완벽하게 구현해내는 마이더스의 손이 없다는 말입니까?"

갈스가 외눈을 표 쪽으로 모으며 물었다. 정작 궁금해서 묻는 것인지 짝퉁 구두를 보고 솜씨를 비아냥거리는 것인지 가늠하기 힘들었다. 표는 신경이 곤두섰다.

"한쪽 눈은 어쩌다가?"

표는 꾹 참고 있던 말을 기어이 뱉어냈다. 구구절절 애꾸눈이 된 사연을 들으려고 한 말은 아니었다. 그저 단순히, 어디 한 군데라도 푹 찌르고 싶은 마음이 간절히 들어서였다. 잠시 머뭇거리는가 싶더니 찰스는 아득한 눈빛으로 패랭이꽃을 바라보았다.

"어느 날 늙은 여배우가 가게로 찾아왔어요."

입을 열 것 같지 않던 찰스가 담담하게 이야기를 꺼냈다. 그녀가 보라색 구두를 신은 외국 여배우의 사진을 아버지에게 내밀며 똑같은 구두를 만들어달라고 했다는 것이다.

"똑같은 구두를요?"

미애가 놀란 표정으로 물었다. 그 말이 표의 귀에는 짝퉁 구두라는 말로 들렸다. 표는 얼핏 찰스의 외눈이 떨리는 것을 보았다.

"이때서부터 라스트를 가지고 놀았습니다. 늘 손에 가죽 기름이 묻어 있었지요."

표는 찰스가 말을 돌린다 싶었다.

"아버지 등 뒤에는 수백 개의 라스트가 걸려 있었어요. 저는 그게 새라고 생각했습니다. 날지 못하는 새 말입니다. 아버지는 자신이 만든 구두를 신은 사람을 보면 새가 날아간다고 말했지요."

아버지가 새의 몸에 날개를 다는 사람이라고 생각했다는 것이다.

"새의 부리에는 언제나 코르크 자국이 모래처럼 발려 있었어요. 저는 밤마다 라스트가 날개를 달고 날아가 모래를 파먹고 온다고 생각했습니다. 그래서 죽지 않고 오랫동안 살아 있는 거라고 믿었지요."

찰스는 잠시 말을 멈추고는 작정한 듯 말을 이었다. 여배우가 다시 찾아왔는데 이상하게 아버지가 다 만든 구두를 내주지 않았다고 했다.

"저는 구두에 사진을 갖다 대며 똑같다고 좋아했지요."

새가 나는 것을 보고 싶었던 찰스가 아버지에게 구두를 내주라며 떼를 썼다고 했다. 생떼가 길어져서인지, 팔을 뿌리친다는 게 그만 들고 있던 여배우의 라스트로 아들의 눈을 쳤다는 것이다.

"……"

잠시 패랭이꽃밭에 침묵이 흘렀다.

"그 순간, 새를 보았습니다."

찰스가 덤덤하게 외눈을 감았다. 그 뒤로 찰스제화점은 수 년간 문을 닫았다고 했다. 아버지가 아들의 눈을 고치기 위해 백방으로 쫓아다녔다는 것이다.

"그때 성발 새를 봤어요?"

찰스의 뭉개진 눈을 안쓰럽게 쳐다보던 미애가 물었다.

"보라색 새였지요."

찰스의 말에 미애가 연거푸 고개를 끄덕였다. 표는 내심 보 라색 가죽 물이 든 라스트를 새로 잘못 보았을 거라고 생각 했다.

"나중에야 아버지가 구두를 내주지 않은 이유를 알았습니 다."

찰스가 다짐처럼 이야기를 마쳤다. 미애가 뒷말을 물어보 려는지 입을 달싹이자 찰스가 배낭을 메고 일어섰다. 그러고 는 곧장 풀숲으로 들어갔다. 표는 실없이 헛기침을 하다가 꽃 밭에 벌렁 드러누웠다. 괜히 애꾸눈 이야기를 들먹여 찰스의 고해성사만 들은 꼴이 되고 말았다. 어디 한 군데 찌르기는커 녕 마음만 심란한 터였다. 표는 눈을 감았다. 강 한가운데 들 어와 있으니 정작 적발이니 처벌이니 하는 경고가 한적한 꽃 밭에 묻혀버리는 것 같았다. 마치 커다란 배에 누워 있는 것 처럼 패랭이 꽃밭이 잔잔하게 출렁였다.

표기 눈을 뜬 것은 얼굴에 달라붙는 파리 때문이었다. 그때 까지도 미애는 폐쇄몰 창을 열어놓고 댓글을 지우고 있었다.

표는 그늘에서 구두를 꺼내 신고 허리띠를 풀며 풀숲 근처로 갔다. 패랭이꽃을 향해 오줌을 내갈기는데 물새 한 마리가 물 끄러미 쳐다보았다. 흔한 물새인가 싶었다. 그런데 햇빛 때문인지 패랭이꽃 때문인지 얼핏 보라색 새로 보이는 거였다. 표는 잠이 덜 깨서 그런가 싶어 눈을 비비고 다시 쳐다보았다. 그새 새가 풀숲으로 사라지고 없었다. 표는 고개를 털고 지퍼를 올렸다. 뒤돌아 나오려는데 풀숲 한쪽으로 찰스의 등이 보였다. 표는 발소리를 죽이고 다가가 나무 뒤에 몸을 숨겼다.

찰스는 땅을 파고 무언가 묻으려 하고 있었다.

"1973년 9월 26일 260. X동 안 선생님 9번 족적."

듣고 보니 사십여 년이나 되었다는 남자의 라스트인 것 같았다. 찰스가 구덩이에 라스트를 넣었다. 흙을 덮고 다독이는 모습이 무덤이라도 만드는 것처럼 보였다. 표는 별 해괴한 짓을 한다 싶어 찰스를 지켜보았다.

"아버지 것은, 아버지에게로."

물건을 쓰고 되돌려주기라도 하듯 찰스가 낮게 중얼거렸다. 그러더니 주변을 신중하게 둘러보고는 배낭을 들고 자리를 옮겨 앉았다. 표도 발소리를 죽이며 자리를 옮겼다. 찰스가 다시 패랭이 꽃밭을 파기 시작했다. 흙을 파는 속도가 느려 표는 갑갑증을 내며 지켜보았다. 잠시 뒤 찰스가 배낭에서 라스트를 꺼내 들었다. 표는 찰스 쪽으로 서너 걸음 다가섰다.

"1970년 235문수."

찰스가 무릎을 꿇고는 말을 잇지 못했다. 남자의 라스트를
묻을 때와는 달리 라스트를 쥔 채 움직이지 않았다. 고개를
숙이고 붙박이처럼 앉은 찰스를 뒤로하고 표는 풀숲을 빠져
나왔다.

미애가 아이패드 화면을 표 앞에 들이밀었다. 반품이 부쩍
더 늘고 있었다. 욕설을 지우다 지쳤는지 미애가 아예 폐쇄몰
창을 내렸다. 표는 갑갑한 심정으로 패랭이 꽃밭을 바라보았
다. 사막을 보는 것처럼 막막해져 한숨이 튀어나왔다. 주변을
주섬주섬 정리하던 미애가 찰스를 찾았다. 표는 라스트를 두
고 찰스의 심사가 복잡한가 싶어 풀숲을 넘겨다보았다. 하필,
그놈의 새 한 마리가 날아올랐다. 어느새 해가 지고 있었다.
표는 자리를 털고 일어났다. 미애의 채근에 표는 마지못해 다
시 풀숲으로 들어갔다. 좀 전과는 달리 깊은 숲속에 들어온
것처럼 정적이 감돌았다. 표는 찰스를 찾다가 라스트 무덤이
있는 곳에서 걸음을 멈추었다. 찰스가 움직이지 않고 있던 자
리에 작은 봉분이 돋아 있었다. 표는 그곳으로 다가갔다. 라
스트 무덤을 보니 정작 심사가 복잡한 것은 표였다. 표는 봉
분을 유심히 내려다보았다. 불현듯 생각 하나가 스치고 지나
갔다. 빌어먹을, 표는 봉분 앞에 주저앉았다. 그리고 자신도
모르게 봉분을 파헤치기 시작했다. 표를 부르는 미애의 다급
한 목소리도 귀에 들리지 않았다.

찰스는 말뚝에서 줄을 풀어내고 있었다. 그리고 처음 이곳에 올 때처럼 뗏목에 로퍼를 벗어 올리고 훌쩍 몸을 실었다. 미끄기 한급히 뗏목에 올라탔다. 표는 라스트를 쥔 채 꽃밭에서 걸음을 멈추었다. 흙 묻은 라스트에는 이미 오래선에 ㄱ 으 여배우의 이름이 적혀 있었다. 여태 그걸 가지고 있었는지. 표는 내도록 가게를 비울 수 없다느니, 그럴 만한 솜씨가 못된다느니 하는 말을 들었을 때보다 더 고약한 기분이 들었다. 미애가 뗏목 위에서 손짓을 하며 표를 불러댔다. 찰스가 노를 들고 꽃밭 쪽을 쳐다보았다. 이상하게 맥이 풀리며 발이 떨어지지 않았다. 표는 꽃밭 한가운데서 막막하게 강을 바라보았다. 커다란 로퍼가 물 위를 떠가듯 뗏목이 천천히 꽃밭을 떠나고 있었다.

멸와성 중허ㄱ

이철주(문학평론가)

1. 그림자를 밟는 마음

낮엔 눈을 감아도 온전히 감기지 않는다. 빛은 여전히 시야를 감싼 채 들키고 싶지 않은 우리 안의 어둠을 비춰낸다. 태양이 지고 나서도 크게 달라지는 일은 없다. 눈을 감는 순간에조차 어둠에 자신을 허락하지 않으려는 빛의 관성이 낮 이후의 삶도 이끌어간다. 적어도 이러한 안간힘 덕분에 우리는 짙은 밤의 무게 속에서도 서로 부딪치지 않은 채, 못 볼 꼴을 함부로 보이지 않은 채 안전하게 살아갈 수 있다. 미리 합의된 규칙과 정해진 방식으로 서로의 안부를 묻고 무심한 마음을 주고받으며 무난한 일상을 유지해나간다. 사소한 오해와 협잡은 우리의 의도와 상관없이 찾아와 잠시 우리의 평정을 깨뜨리겠지만 빛의 규약에 따라 안전한 가이드라인에 따라 처리만 한다면 한밤의 심연 속에서도 큰 대가 없이 원래의 자리로 돌아올 수 있을 것이다.

그러니 어둠은 빛의 세례를 받고 빛이 포용할 수 있는 '빛' 이으로 각색되어야 한다. 빛이 만들어낸, 아니 빛에 기대어 우리가 만들어낸 날카롭고 확정적인 선의 구조물 속으로 어둠을 데려와야 한다. 고통도 슬픔도 허기와 고독도 빛에 의해 번역될 수 있는, 우리가 미리 합의한 방법대로 길들여져야 한다. 통제할 수 있는 안전한 피사체가 되어야 한다. 혹여라도 낯선 침입자들의 방문을 받게 된다면 당혹스러워 말고 모욕적인 냉소를 쏟아내며 밀어내고 추방해야 한다. 오직 그럴 때에만 우리는 안전할 수 있다. 적어도 안전하다는 착각을 포기하지 않을 수 있다.

김가경의 소설은 여기에서 출발한다. 빛의 규율에 의해 삶의 변두리로 쫓겨난 타자들의 삶 한가운데로 들어가, 저마다 가슴속에 품고 있는 상처와 열망의 섬세한 무늬들을 읽어내고 태어나 한 번도 제대로 부여받은 적 없는 목소리를 그들 자신에게 되돌려준다. 비록 아직은 제대로 깎아내지 않은 탓에 아무런 소리도 들리지 않는 '몰리모'를 부는 행위에 불과할지 모르지만(「몰리모를 부는 화요일」, 『몰리모를 부는 화요일』, 강, 2017), 끊임없이 차오르는 테트리스 게임 속 블록들처럼 처리되지 못한 울분들 너머로 띄워 올리는 끊어진 풍선

하나에 지나지 않겠지만(「라인 블록」, 같은 책) 추방당한 어둠의 지문들을 섬세히 어루만지며 소외된 타자들의 공동체를 매혹적인 문장들로 포착해낸다.

이번 심사성의 누번째 소설집에서도 소외된 타자들의 고통과 상처는 그의 문장이 펼쳐내는 아름다운 궤적의 중심에 자리한다. 다만 이번 소설집에서 그의 소외된 타자들은 화자로서가 아니라 서사 속에 불쑥 끼어든 불청객이자 지워낼 수 없는 얼룩으로서 등장하는데 이로 인해 소설 내부에 팽팽한 긴장이 발생하게 된다. 첫 소설집이 인물의 내면에 뿌리내린 상처의 심연을 직시하며 삶의 무게중심을 조금씩 회복해가는 과정을 그리고 있었던 것과 달리, 이번 소설집에 실린 대부분의 작품들은 어느 날 문득 '어둠'의 불편한 방문을 받은 주체의 복잡한 심경들로 시작하고 있다. 이들 불편한 그림자는 빛으로 세워진 삶의 규율들이 억지로 어둠을 쫓아낸 불안과 폭력의 자리임을 드러내고, 어둠이야말로 빛의 날카로운 절단면으론 결코 재단하거나 포획할 수 없는 우리 내부의 본질이자 기원임을 보여준다.

김가경의 소설은 빛의 합리적 규율로는 감히 이름 붙일 수 없는 타자의 그림자들을 조심히 불러 세우곤 이들과 눈 맞추며 말을 주고받는 방법에 대해 골몰한다. 모르는 당신의 그림자를 밟는 마음으로, 한 번노 제대로 불러준 적 없는 당신의 진짜 이름을 불러보는 마음으로 조금씩 다가가며 흔들린다.

폐기된 그 어떤 마음도 집어삼킬 수 없었다는 이유 하나만으로, 이토록 태연한 무능을 지니고 태어났다는 이유 하나만으로 행성의 자격을 박탈당한 명왕성과 같은 기질과 운명을 바라본다. 명왕성 증후군이라고나 해야 할 이 기이한 충동기 강박 속에서 기어코 당신의 어두운 뒷모습을 빛의 인장 속에 풀어놓고야 마는 단호한 고집을, 후회 없는 온기를 김가경의 믿음직스런 문장들 속에서 마주한다. 김가경의 소설은 세상의 모든 명왕성들에 대한 불가피한 맹목의 증언들이다.

2. 불청객의 윤리

김가경의 이번 소설집엔 불청객들이 거의 빠지지 않고 등장한다. 타자의 고통엔 아랑곳 않고 타자를 모욕하고 능멸하는 것만이 삶의 유일한 소일거리인 듯 보이는 파렴치한 손님들도 곳곳에서 살펴볼 수 있지만 작품의 중심을 형성하는 미세한 파열음은 일상의 윤리 자체를 뒤흔드는 불편한 손님들로부터 촉발된다. 이들은 천연덕스럽게 타자의 내밀한 공간으로 걸어 들어와 미리 합의되지 않은 방식으로 자기 이야기를 풀어내곤 쉽게 끌어안을 수 없는 그림자를 풀어놓은 채 그들의 자리로 돌아가버린다. 때로 그들은 파렴치한 손님들처럼 타인의 감정과 상황을 배려하지 않는 듯 보이기도 하는데 이는 눈치를 보며 자기라는 고유한 정체성을 합의된 규칙과 납득할 수 없는 근거들에 내맡길 수 없는 그들의 투명한 무능과 선명한 고집 때문이지 배타적인 폭력성 때문은 아니다

피렴지한 손님늘은 오로지 자신들의 불안을 잠재우고 왜소해진 존재감을 어떻게든 붙들어 세우기 위해 그들이 멋대로 개입하고 처분할 수 있는 방식으로 타자들을 소환해낸다. 가령 세입자와 주인 사이라는 이유 하나만으로 대뜸 세입자의 방에 들어와 타인의 삶을 진단하고 평가해버리는 주인 여자(「궁핍하여라」)나 여성 서퍼에게 성적인 모욕을 일삼는 남성 서퍼 무리들(「배리어 열도의 기원」), 혹은 고무밴드를 손목에 끼고 온 면접자에게 모멸적인 말을 서슴없이 던져대는 면접관(「우수」)이 이토록 노골적인 폭력을 행사할 수 있는 까닭은 타자에 대한 폭력이 주체의 권능을 재확인하는 편리한 수단으로 인식되고 활용되기 때문이다. 그들은 자신들의 득의만만한 미소와 웃음을 위해 타자의 상처와 비밀까지도 질겅질겅 씹어 삼켜버린다.

반면 이번 작품의 주조음이 되는 불편한 불청객들은 낯선 호스트로부터 어딘가 자신을 닮은 무언가를 어렴풋이 감지하기에, 그들 역시 자신과 같은 왜소행성의 자리를 타고 났음을 놀랍게도 정확히 간파해버리기 때문에 이 허락 없는 방문을 간행힌다. '징숙'이라고 하는 한 여인을 공통적으로 다룬 세 편의 연작, 「다소 기이한 입장의 C」「미에 가깝고 솔에 다가

가는 파」「야자수 나라」는 이러한 맥락에서 매우 흥미로운 소설들인데, 중심인물이나 장소가 미세하게 바뀜에도 불구하고 유령 같은 '정숙'의 그림자가 반복적으로 출현함으로써 주체의 탐욕스런 욕망의 자리를 향해 질문을 던지고 견고한 법의 규약들로 이루어진 관습화된 인식과 체계들을 뒤흔든다.

「야자수 나라」를 제외한 두 작품은 모두 폐교를 리모델링한 창작촌이 무대인데, 입주 작가들을 위한 이 폐쇄적인 공간에 불쑥 끼어든 '정숙'은 예술이라는 순수하고 비일상적인 성스러운 기표들에 흩뿌려진 오물처럼 등장한다. 심지어 정숙은 사시가 심해 "무언가로부터 어긋나 있는" 시선을 사방에 흩뿌리고 다니는 존재이며 자기에게 소중하고 의미 있는 것이라면 모두가 다 알고 있으리라 순진하게 믿어버리는 어린아이 같은 인물이다. 일반적인 성인이라면 누구나 깊이 체화해버렸을 기본적인 관계의 룰, 상징적인 질서조차 제대로 파악하지 못하는 인물인 것이다. 「다소 기이한 입장의 C」의 초점화자인 '그'는 이처럼 자기만의 세계와 현실 사이 어딘가에서 불쑥 말을 건네는 '정숙'에 대해 불편함과 당혹스러움을 느끼며 "낯선 이들을 들여 공연히 시간을 낭비하기 싫"다고 생각하지만 노골적인 거부 의사 없이 정숙의 방문을 허락해버린다.

물론 나름의 연유가 있다. 그는 동료 시인이었던 C의 배려와 용인 덕에 창작촌에 머물게 되었음에도 "이 자리에 진짜 있어야 할 사람은 C가 아니라" 바로 자기라고 생각하는 인물이다. 그는 정숙의 방문을 받아들이고 정숙이 쏟아내는 종잡을 수 없는 말들과 정숙의 아이들이 불러일으키는 소란을 묵묵히 받아들이시만 이는 그가 본래 그런 무던한 성격이기 때문이 아니라 C에 대한 열등감과 질투심 때문이다. 그는 소외된 타자들에게 공감하고 그들의 고통을 끌어안아야 하는 시인이기 때문에, 적어도 그가 C보다 더 나은 시인임을 증명해야만 하기 때문에 이 의도하지 않은 역할극을 멈출 수가 없는 것뿐이다.

그런데 하필이면 그때 C가 돌아와 그가 애써 지켜온 이 역할극의 우위를 허무하게 빼앗아 가버린다. C는 별 소란스러울 것도 없이 정숙이라는 "저토록 어긋난 인물과 그 간극을 뛰어넘어 대화를 주고받"으며 정숙이 인정하는 진정한, 거의 유일한 "시인"이자 "선생님"이 되어버린다. 심지어 그가 문학에 대해 지녔던 가장 모호했던 원형적 갈망마저 C가 터무니없이 단번에 성취해버리는 것을 목격하고야 만다.("그는 한 순간에 이루어진 C와 그녀의 유치한 교감을 보며 문득 그때 무참히 좌절된, 오로지 진실된 한 문장이 엉뚱한 곳에서 실현되는 느낌이 들었다.")

그는 자신의 패배를 마지막까지 인정하지 않으려 정숙이 돌아간 후 C에게 "천사가 다녀간 거 같지 않"느냐며 짐짓 허세를 부려보는데, C는 예상과 달리 "그냥, 그런 사람이 다녀갔을 뿐"이라며 지극히 무미건조한 대답만을 건네곤 다시 떠나버린다. 사실 그가 그토록 질투를 느꼈던 C도, C에 의해 어엿한 손님으로 변신해버린 정숙도(물론 그는 그녀의 이름이 '정숙'이라는 사실을 알시 곳이며 관심도 없지만) "우물에 던진 돌멩이"와 같은 미약한 존재들에 불과하다. C는 자신과 같은 이 서글픈 그림자들을 문학이라는 그럴듯한 언어의 아우라 속으로 애써 끌어오지 않는다. 물론 하려고 한다면 누구보다 잘할 수 있겠지만, 타자를 숭배함으로써 이들을 무엇보다 잘 팔리는 소비재로 활용할 수 있겠지만 그것이 몹시도 부끄러워서 그렇게 하지 못할 뿐이다.

「미에 가깝고 술에 다가가는 파」는 그가 머물던 방에 새로 입주한 작가(보이스 아티스트)의 이야기인데, 이 후속 서사로부터 그의 추후 행적도 파악할 수 있다. 그는 마지막 순간까지 불편한 감정을 불러일으켰을 정숙과 C 사이의 대화로부터 문학적 영감을 얻어 "세상의 숱한 이야기가 자라 숲을 이루는" 아름답고 서정적인 풍경을 한 권의 시집으로 엮는다. 정숙과 C라는 불편한 불청객들이 펼쳐놓은 어두운 그림자는 어디에서도 찾아볼 수가 없다. 너무나도 매끄럽게 각색되어버린 어둠은 단지 세상의 가혹하고 편리한 규약들의 낭만적 환상으로나 자리할 뿐이다. 재미있는 사실은 이 매끄러운 거짓으로 묶인 아름다운 풍경으로부터 '나'는 정숙과 같은 경계 사이의 존재들을 섬세하게 감지해낸다는 것인데 이 작은 차이가 앞선 소설과는 전혀 다른 결말을 만들어낸다.

3. 비정형의 선율들

「미에 가깝고 솔에 다가가는 파」에서 '나'는 얼마 전부터 '라' 음에서 목소리가 가라앉고 갈라지는 문제를 겪고 있다. 이는 정확한 음정에 도달하려는 나의 강박이 만들어낸 증상인데 이로 인해 나는 역설적으로 정확한 음정으로는 온전히 포착되지 않는 비정형의 목소리를 갖게 된다. '태양계에서 영원히 퇴출된 명왕성을 기리며'라는 제목의 갤러리를 위한 작업에 참여한 것이 구체적인 계기로 작용하는데, "너무 작고 왜소해서 주변의 천체를 위성으로 만들거나 밀어내는 능력이 없다는 이유로 인간이 자의적으로 영구 제명시"켰다는 사연에 이끌린 나머지 자신도 모르게 "음악도 아니고 음향도 아닌, 정형화되지 않은 소리"를 자기 내부로부터 끌어낸 것이다.

이 비정형의 목소리를 정숙은 단번에 알아차린다. C를 찾아왔다던 정숙은 예의 느닷없는 방문을 반복하며 나의 공간 속에 태연히 스며드는데 소리 대본을 짜는 나의 소리를 듣곤 "선생님 소리는 잡채"라며 정숙다운 감상평을 남겨놓는다. 잡채를 잘하던 자신의 올케 미란과 나의 목소리가 어떤 공통점을 갖고 있다는 것. 이 "선을 넘어선 불쾌감"은 그러나 애석하게도 "미에 가깝고 파에 다가가는 파"라는 공연 속에서 인정받지 못한다. 공연기획자라는 P는 선율과 선율 사이 경계가 불러일으키는 낯선 이실심을 한낱 불쾌감으로밖에는 받아들이지 못했기 때문이다.

「미에 가깝고 솔에 다가가는 파」가 여전히 음에 대한 미학적 규정들에 묶여 있지만 서서히 명왕성과 같은 비정형의 소리, 즉 특권적 소리들에 의해 강제로 존재를 부정당한 소리에 다가가고 있는 '나'의 자각 과정을 보여주고 있다면,「야자수 나라」는 그러한 자기 정체성을 명확하게 깨닫는 사건적 계기를 보여준다. 나는 '사라지는 것들'이라는 제목의 공연을 새로 맡게 되는데 "발목에 차면 땅에 가깝게, 손에 차면 사람에 가깝게, 하늘로 치켜올리면 하늘에 가깝게 소리가 나"는 악기인 레틀을 사용하려던 나의 의도는 "잡음 때문에 주제가 흐트러진다"는 이유로 좌절되고 만다. 결국 '사라지는 것들'이라는 보편적 주제를 담아내려던 공연의 의도는 평범해 보일 것을 두려워한 P의 계산에 의해 "야자수 나라"라는 아무런 의미도 담지 않는 진부한 기표들로 덮여버리는데, 이 때문인지 공연 도중 나는 "내 안에서 아무런 소리도 나오지 않는" 상황과 마주하게 된다. 더 이상 이렇게 스스로를 부정하는 방식으로는 소리를 낼 수 없게 되어버렸다는 것. 공연의 막바지에 느닷없이 나타나 거친 욕설까지 섞어대며 정숙을 찾는 미란의 목소리는 이러한 텅 빈 기표들의 초라한 민낯을 더 선명하게 비춰낸다.

작품집의 서두를 열고 있는 「유린 이야기」는 이러한 비정형이 감각과 마음을 능성하는 가장 능동적이면서도 감동적인 사례를 보여주는데, 어딘가 말도 어눌하고 "오줌"에 대해 각별한 애정과 관심을 지니고 있는 '그녀'는 제약회사 직원이면서도 약보다는 민간요법이나 풍혈자리를 더 신뢰하는 인물이다. 이로 인해 동료 직원들로부터 불필요한 오해까지도 사게 되지만, 그녀는 이러한 오해를 애써 바로잡으려고도 하지 않는다. 오히려 그녀는 회사의 핵심 의약품 원재료인 오줌을 굳이 'urine'이라고 표기하도록 함으로써 오줌이 지니고 있는 본래적 의미를 파악하지 못하게 만드는 회사의 방침에 동의하지 못하고 기어코 '오줌'으로 표기하고야 마는 인물이다.

그녀에 따르면 오줌은 "우리 몸을 순례하고 나온, 강물과 같다". 오줌과 양수의 성분이 거의 같다는 사실에 이상하게 위안을 얻기도 했던 초점화자인 '그'는 혹여나 연루될까 두려워 은근히 그녀로부터 거리를 두기도 하지만, 동시에 그녀만이 지닌 이런 진정성의 세계를 유일하게 이해하는 인물이기도 하다. 그 때문인지 회식 자리에서 그가 어머니가 위독하다는 전화에 자기도 모르게 눈물을 흘렸을 때 그의 상처를 유일하게 알아차리는 인물 역시 그녀이다. 그녀는 자기가 대신 그의 고향을 방문하겠다며 우리 몸을 순례하고 나온, 또 다른 강물인 눈물을 목격한 일에 대한 책임을 지려 한다. 이 한 치의 흔들림도 없는 단독성의 윤리는 "불필요한 감정"을 모두 거세한 후에야 제대로 작동하는 이 빛과 정형화된 선의 세계에 대한 명징한 서부이사 서실이니. 빛의 규율에 의해 부정당한 오물이자 존재의 자리를 부정당한 왜소행성의 이름으로, 그녀는 빛에 의해 잘려나간 삶의 가장 근원적인 어둠을 끌어안는다.

4. 부서진 별들의 연대

앞선 '정숙'의 연작들에서 또 한 가지 흥미로운 부분은 '정숙'이 항상 단 한 명뿐인 진정한 선생님을 찾아 헤매고 있다는 사실인데, 이러한 진정성을 찾아 헤매는 모티프들은 김가경 소설 속 타자들의 연대를 가능하게 하는 가장 근원적인 힘이 된다. 한 예로 「꽃밭의 찰스」는 진품을 능가하는 짝퉁을 만들고 싶어하는 '표'가 정밀한 복제 작업을 위해 장인 정신으로 고객만의 구두를 만들려는 '찰스'를 영입하려 설득하다 실패하는 이야기인데, 진정성을 추구하는 찰스의 이야기에 표의 이야기가 뒤엉키며 연루되는 구조를 취하고 있다. 찰스는 아버지로부터 물려받은 직업 윤리에 지극히 충실한 인물이지만, 최근 자신을 찾아온 아버지의 고객에게 아버지가 만든 라스트(고객의 발 모양을 뜬 틀)로 구두를 만드는 실수를 저지른다. 라스트는 구두를 만들 때마다 매번 새로 만들어야 한다는 아버지의 원칙을 따르지 않았던 것인데 이로 인해 고객의 한쪽 발에 맞지 않는 파손의 구두를 만들고 만 것이다. 찰스는 아버지가 만든 라스트를 처리하고 새롭게 출발하기 위해 아버지를 기리는 상징적인 공간인 모래톱 섬을 향해 여행을 떠나는데 표와 표의 여직원이 이 여정에 동행하게 된다.

반전은 아버지의 라스트를 묻은 모래톱 섬에 찰스가 표만 남겨두고 떠남으로써 이루어지는데, 이상하게도 표는 찰스가 묻어둔 라스트가 아버지가 단 한 번 고객의 의뢰를 받아 만들었던 짝퉁 구두의 라스트라는 사실 때문에, 어린 찰스의 한쪽 눈을 실명하게 만든 바로 그 라스트라는 사실 때문에 복잡하고 고약한 기분에 빠져든다. 만약 이것이 표의 요청에 대한 찰스의 단호한 거절에 지나지 않았더라면 표 역시 복잡한 상념에 빠져들 필요는 없었을 것이다. 찰스는 자신과 아버지 사이에 존재했던 미묘한 갈등과 긴장 속에 표를 연루시킴으로써 표의 정체성을 송두리째 흔들어버린다. 실은 표, 당신도 나와 같은 진정성에 대한 갈망 속에서, 정성들여 만든 구두가 고객의 발에 신기는 매혹적인 순간에 대한 갈증 속에서 허우적거렸던 것은 아니냐고. 아버지가 구두를 통해 자신에게 보여주었던 브래빗 비상이 교정들을 밍신노 한번 느껴보라는 찰스의 뒷모습에선 이상하게도 결연한 연대 의식 같은 것들이 느껴진다.

표제작인 「배리어 열도의 기원」은 상처로서의 기원에 묶인 인물들 간의 독특한 연대를 보여주는 작품이다. 게스트 하우스와 서핑보드 대여점을 운영하고 있는 남자와 떠나야 할 때 떠나지 않고 가장 위험한 파도를 기다리는 여자, 그리고 연인을 잃은 상처로부터 벗어나지 못하고 연인의 흔적을 찾아 해변가를 전전하는 그녀의 이야기가 펼쳐진다. 이들에겐 모두 사연이 있다. 남자와 그녀는 모두 사랑하는 사람을 바다에 잃었다. 여자의 사연은 밝혀지지 않지만 이들은 모두 바다에, 정확히는 육지와 바다가 부딪치며 흔들리는 파도라는 경계에 얽매여 있다. 육지도 바다도 아닌 시시각각 충돌하고 부딪치며 변화하는 이 매혹적인 경계는 오직 이를 경험해본 자들만이 아는 신비로 가득하지만 동시에 돌연 아득한 어둠 속으로 존재를 집어삼키는 무시무시한 심연의 입구이기도 하다. 배리어 열도는 이 경계의 심연으로부터 살아남은 이들을 보호하는 상징적 표상이다. 파도를 막기 위해 있는 힘껏 흔들리며 어디론가 조금씩 나아가고 있다는 배리어 열도는 온 힘을 다해 상처를 견디는 자들의 자화상이자 부서진 존재들이 서로의 옆에 서며 만들어내는 기이한 연대의 형상이기도 하다.

김가경의 소설은 지금껏 우리가 제대로 바라본 적 없던 삶의 가장 낮은 곳으로 우리를 안내한다. 설령 명왕성처럼 지극히 왜소하고 무기력해서 잘 보이지조차 않는 별들의 부스러기에 지나지 않는다 할지라도, 어떤 상처도 함부로 부정하거나 지워내지 않은 채 무한히 심연을 버티고 견디어내는 경계 바깥의 존재들에 주목한다. 김가경의 소설은 명왕성의 호흡끼 묻으니, 명왕성적 충동에 사로잡힌 존재들로 흘러넘친다. 때로는 망설이고 흔들리다가도 서로를 조금씩 끌어안으며, 태양계라는 빛의 권력으로부터 서로를 지켜주는 버팀목이 되어준다. 아주 미미하지만 뜨겁게 소용돌이치는 그들만의 작은 전복과 위반도 만들어낸다. 명왕성 증후군이라고나 할 이 불가피한 증상으로부터 기어코 회복되지 않을 수 있기를, 김가경의 문장이 초대한 이 낯선 불청객들을 온몸으로 앓는다. 그들이 펼쳐놓는 아득한 어둠에 스스로를 깊이 담가두고 오래도록 빠져나오지 않는다. 명왕성의 한 궤적이 그렇게 또 무참히 그려진다.

우리 동네에는 이상한 사람들이 많이 산다. 쌍둥이 중년 남자는 같은 트레이닝복을 입고 같은 시장 캐리어를 끌고 서로 끊임없이 이야기를 나누며 도로를 왕복하고, 노랑머리 주근깨 여자는 서너 시간씩 허공을 향해 멍하니 시선을 두고 담배를 피우고, 비오는 날에는 쫄쫄이 모자를 쓰고 거리를 쏘다니다가 골목에 쭈그려 앉아 또 담배를 핀다. 몇 년 동안 그녀를 봐왔지만 나는 아직 말을 걸지 못했다. 다음에 만나면 기필코 알은척을 하리라 다짐을 하고 있는데 몇 개월째 그녀가 보이지 않는다. 하루에도 서너 차례 눈에 띄는 키다리 외팔이 아저씨와 혼자 중얼거리는 아주머니와 이어폰을 끼고 그냥 떠도는 아가씨까지. 그들은 모두 길 위에서 그러고 있다.

파리바게뜨 앞 노상에서 십수 년간 과일과 야채를 파는 종희 씨에게 나이가 같아 친구 하자고 했다. 선원에 갔다가 욕심껏 챙겨온 떡을 주면 지나가는 사람들과 나누어 먹고 나에게는 박카스를 내어준다. 어느 날 그녀 곁에 앉아 있는데 무가 다냐고 손님이 물었다. 나도 그녀에게 가장 많이 물었던 말이었다. 포도 달아요? 사과 달아요? 귤 달아요? 숱하게도 물었다.

　"무시 안 달아. 여름 무시가 달면 그게 배지."

　상대가 민망할 정도로 쏘아대는 종희 씨는 친절하지도 않고 매사 거침없고 억세다. 은근히 억센 나도 그녀와 싸운다면 몇 마디 못하고 울면서 집에 갔을 것이다. 그날 길 위에서 만난 사람들에 대해 물었다. 종희 씨는 가족 이야기를 하듯 구구절절 그들에 대한 사연을 이야기한다. 남들은 이해하지 않을, 그들이 넋을 놓은 사연에는 그럴 만한 이유가 있음을, 그녀답지 않게 애잔한 표정까지 지어가며 나를 설득하듯 이야기를 한다. 그녀 성격에 잔꾀를 부리며 인물을 각색 하지는 않을 것이고, 자신도 모르게 그들의 편을 들어주는 것이리라. 종희 씨에게 내가 물었다.

　"그 사람들을 어떻게 그렇게 다 알아요?"

　"자기야 왜 그걸 모르겠노, 형광등 간접 불빛 이게 나고 폭지를 어디인지 까바머린지 아는데, 사람을 왜 한눈에 모르겠노."

228

온몸에 밴 그녀의 말에 나도 모르게 눈물이 나서 좀 울었다. 종희 씨의 이야기를 들으며 정숙 씨를 생각했다. 나는 2년 님세 각업실로 찾아오는 정숙 씨와 사귀고 있었다. 그녀의 입에서 나온 "참 고마운 일이지요", 라는 말에 내가 띠끼간 수 없는 어떤 지극함이 깃들어 있음을 느꼈다. 그녀의 이야기는 그냥 들으면 헛소리 같아도 안으로 들으면 고마움에 대한 지극한 이야기이다. 온몸으로 그러고 다니는데 아무도 알아듣지를 못한다. 정숙 씨와 종희 씨는 가까운 거리에 사는 것도 아니고 서로 아는 사이도 아니니 만날 일도 없다. 그래도 종희 씨라면…… 속으로 꿍꿍이를 한 그날 이후에는 무언가가 다녀고, 그녀에게 잘 묻지 않는다.

　욕설이 오가는 속에서도 소설가도 해낼 수 없고 시인도 해내지 못하는 그런 지점을 그녀 자신도 모르게 지니고 있어, 소설을 쓰고 있다는 나는 그녀 옆에 가면 이유도 모를 눈물이 나곤 한다. 이 핑계 저 핑계 대며 대연4동 빵집 앞 한 귀퉁이 그녀의 가게 옆에 자꾸만 앉고 싶은 마음이 인다.

　종희 씨가 얼마 전, 벌만큼 벌었다며 일을 그만두고 고성 어디쯤으로 이사를 했다. 주소를 알려주며 놀러 오라고 했고 나는 갈 생각을 늘 갖고 있다. 그러나 내가 그러다 안 갈 수도 있는 사람이라는 것을 나는 속으로 안다.

　종희 씨 이야기를 할 생각은 아니었다. 소설에서처럼 정숙 씨 이야기를 하려고 했는데 이리되고 말았다. 정숙 씨는 누군가에게 부탁할 사람은 아니었다. 그저 욕을 하더라도 한 존재를 깊숙하게 환대해주는 사람으로 종희 씨를 떠올렸다. 그들은 서로 닿는 줄도 모르고 어쩌면 평생 부딪친 일 없이 그렇게 밀고 살 것이다. 그래도 정숙 씨 이웃으로 종희 씨가 살았으면, 하는 생각으로 주인이 바뀐 가게 앞을 지나다닌다.

2020년 12월
김가경

수록 작품 발표 지면

배리어 열도의 기원

ⓒ 김가경

1판 1쇄 발행 │ 2020년 12월 30일

지은이 │ 김가경
펴낸이 │ 정홍수
편집 │ 김현숙 임고운
펴낸곳 │ (주)도서출판 강
출판등록 │ 2000년 8월 9일(제2000-185호)

주소 │ 서울시 마포구 동교로 17안길 21(우 04002)
전화 │ 02-325-9566
팩시밀리 │ 02-325-8486
전자우편 │ gangpub@hanmail.net

값 14,000원
ISBN 978-89-8218-270-9   03810

이 도서의 국립중앙도서관 출판예정도서목록(CIP)은 서지정보유통지원시스템 홈페이지
(http://seoji.nl.go.kr)와 국가자료종합목록시스템(http://www.nl.go.kr/kolisnet)에서 이용하실 수 있
습니다. (CIP제어번호 : CIP2020054529)

• 잘못 만들어진 책은 구입처에서 교환해드립니다.
• 본 도서는 2020년 부산광역시, 부산문화재단 지역문화 예술특성화지원 부산문화예술기원사
업으로 지원을 받았습니다.